マドンナメイト文庫

清楚な巫女と美少女メイド 秘密の処女ハーレム

青橋由高

目次

contents

プロローグ……7
第1章　身悶える美しい巫女……9
第2章　美少女メイドの処女喪失……66
第3章　ミニスカ巫女装束の絶対領域……123
第4章　巫女とメイドのダブルご奉仕……154
第5章　御神体と随喜の涙……206
エピローグ……281

清楚な巫女と美少女メイド　秘密の処女ハーレム

プロローグ

寂れた神社に一人で暮らす美しい巫女《みこ》には、二つの秘密があった。一つは、

「ああっ、ンッ、入っちゃう……お尻に指、入っちゃう……ぅ！」

巫女として純潔を守るための、不浄の穴での自慰行為。

「ダメ、ダメなのに……ああっ、お尻、気持ちイイ……後ろの穴をぐりぐりほじるの、たまんないッ……アアッ、いけないのに、恥ずかしいのに、指、止まんないのぉ！あっ、あっ、イイ……イイ……ッ！」

四つん這《ば》いでたわわな乳房を激しく揉《も》みしだきながら、深々と挿入した指で己のアヌスをまさぐり、肛悦を貪るその姿は、あまりにも淫らだ。

「イク、イキます、ああっ、ごめんなさい、またお尻でイキます……イック……!!」

長い黒髪を振り乱し、まだ誰にも許していない穢《けが》れなき秘裂から絶頂汁を垂らした

美巫女はオルガスムスに震えながら、布団に突っ伏す。

「はあ、はあ、はあ、はあ……」

心地よい疲労感と甘い余韻に、そのまま寝入ってしまった巫女はこの夜、奇妙な夢を見た。

『気持ちイイ……好き、好きです、ああっ、もっとしてぇ！　アアーッ!!』

男に激しく抱かれる自分と、それをすぐ近くで見つめる可愛《かわい》らしい少女という、背徳的で淫猥《いんわい》な内容だった。男も少女も、顔はわからない。けれど、不思議と嫌悪感はなかった。むしろ、親近感を覚える。

(これは、私の願望？　それとも、いつもの予知……？)

欲求不満が見せた淫夢なのか、あるいは巫女のもう一つの秘密である能力によるものなのか、彼女には判断がつかない。

この光景がまさしく予知であったのだと巫女が知るのは、もう少しだけ未来のことだった。

第一章　身悶える美しい巫女

「こんなところに神社が？……神社、でいいんだよな、これ？」

仲見和馬《なかみかずま》が首を傾《かし》げたのは、二つ理由があった。一つは、未舗装区間があるような山の中にとつぜん、鳥居が現れたこと。もう一つは、その鳥居があまりにもぼろぼろで、本当にここが神社なのか自信がなくなったことだ。

「これもなにかの縁だ、お参りさせてもらうか」

額の汗を拭いながら、境内に足を踏み入れる。鳥居同様、社殿はどれもかなり古びていたが、荒れ果てている、というほどでもなかった。

（氏子さんとか地元の人が、定期的に掃除してるのかな？）

今回の小旅行の安全を祈願し終えた直後、ぽつぽつと雨が降ってきた。

「げ。降水確率０％じゃなかったのかよ」

天気予報を信じて雨具を持ってきていなかった和馬は、慌てて社務所の軒下へと駆けこむ。みるみるうちに黒い雲に覆われた空から、大粒の雨が勢いよく落ちる。

(しばらくやみそうにないなぁ。ま、特に予定もないし、別にいいか。どうせ目的もなく、ただぶらぶら歩いてただけだし)

東京でサラリーマンをしている和馬は現在四十一歳。がつがつ前に出る性格ではないため出世とは無縁だが、当人は特に気にしていない。給料はほどほどだが、独身で、特に金のかかる趣味もないため、現状にはまあまあ満足していた。会社の経営陣が大きく入れかわる、一年前までは。

「あー……有給もあと三日か……」

溜《た》まっていた有給をまとめて申請し気ままな一人旅に出たのは、今後について考える時間が欲しかったからだ。

(どうするかなぁ。このままずるずる会社に残って、やりたくない仕事を続けるか？それとも、思いきって転職するか？　いや、でも、大した特技も職歴もない四十すぎの俺を雇ってくれる会社、見つかるのか？)

腕を組み、眉間に皺《しわ》を寄せて悩んでいたそのとき、ぱしゃぱしゃと足音が聞こえた。

顔を上げると、白衣《びゃくえ》に緋袴《ひばかま》を着た女性がこちらに向かって走ってくるのが見えた。

(巫女さん!?)

てっきり無人の境内と思っていた和馬はまず、自分以外の人間がいたことに続いて、駆け寄ってくる巫女の美しさに驚いた。結われた長い黒髪、切れ長の目、その横にある泣きぼくろ、どれもが和馬の目と心を捉える。

「えっ?」

軒下に入った巫女は、ここで初めて、和馬の存在に気づいたようだ。

「こ、こんにちは。お参りしてたら急に降ってきたので、雨宿りさせてもらってるんです」

若い異性に警戒されるのは、中年男の精神に多大なダメージを与える。そのため、和馬は少し早口で事情を説明した。自分は怪しい者ではないとアピールするため、得意でない愛想笑いを浮かべることも忘れない。

「あ、そうなんですか。ありがとうございます」

どうやら、不審者とは思われなかったらしく、巫女は小さく会釈を返してくれた。

その拍子に髪が濡れた頰に張りつき、可憐《かれん》さに艶《なま》めかしさも加わる。

(近くで見るとさらに綺麗《きれい》な人だな。二十代後半ってところか)

あまりじろじろ見るのも不躾《ぶしつけ》だと、境内に視線を向ける。

「ぶらぶらしてたら偶然ここを見つけたんです。どんな神様が祀《まつ》られているか、聞いてもいいですか？」

若い娘と二人きりの状況で一番怖いのは、気まずい沈黙だ。だから和馬は実に無難な、だがこの状況では最も確実な話題を巫女に振った。

「はい。ここは上呼《かみこ》神社と言いまして、この地を守護した巫女が祀られています」

「巫女？　珍しいですね、巫女を祀る神社は」

「言い伝えによるとその巫女、初代様は未来を予知し、土地の民をたびたび、災害などから救ったそうです」

「へえ。ご神託ってやつかな」

興味が湧いた和馬は、改めて境内を見わたす。

(今は荒れてるが、かつてはなかなか立派だったっぽいな、この神社)

「あなたが、ここの最後の参拝客になるかもしれませんね」

「え？　どういうことです？」

巫女のとつぜんの言葉に、和馬は聞き返す。

「実は少し前にここの地主の方が亡くなりまして」

巫女の話によれば、神社ごと土地が売りに出されているという。

「遺族の方にも気を遣っていただき、相場よりもかなり低い価格に設定してくれたのですが、こんな寂れた神社を引き受けてくれる物好きな方はなかなか……」

目を伏せながら、巫女が寂しげに笑う。

「えっ。そんなに安いんですか？」

巫女が教えてくれた価格を聞いた和馬は驚く。普通のサラリーマンである和馬でも、ちょっと頑張れば充分に手が届く範囲だったのだ。

「不便な山の中ですし、その……気味悪がられているのかもしれません」

(気味悪がられてる？　神社が？)

和馬は不思議に感じたか、これ以上詮索するのも悪いと、重ねての質問は断念した。代わりに、簡単な自己紹介をし、この近所で観光するならどこがいいかなど、当たり障りのない話題で場を繋《つな》ぐ。

「なるほど。そんなに美味《おい》しいのでしたら、帰りに寄ってみます」

「ええ、ぜひ。……あ、晴れてきましたね」

みやげにおすすめの店を教えてもらったところで、巫女が眩《まぶ》しそうに空を見あげた。黒い雲の切れ目から射《さ》しこむ日光は、神社にいるせいか、妙に神々しく感じられる。

「これでどうにか、ずぶ濡れにならずに宿に戻れます。雨宿りさせていただき、ありがとうございました」

もう少しこの美しい巫女と話していたかったが、雨宿りという大義名分がなくなった今、これ以上の長居はできない。後ろ髪を引かれる思いで巫女に礼を言い、神社を立ち去る。

（さて、巫女さんに教えてもらった店に行ってみるか。……ん？）

水溜まりを避けながら歩いていると、背後から足音が聞こえてきた。振り返ると、先程の巫女がこちらに向かって小走りに近寄ってくる。

「どうかされましたか？」

「あ、あの……あなたにお伝えしたい話があるんです」

全力で走ってきたのか、巫女は肩で息をしていた。上気した顔と滲《にじ》んだ汗がどこか艶めかしい。

「俺に？」

ほんの一瞬だけ、逆ナンされるのかも、などとバカな考えが脳裏をよぎったが、自分が異性にモテるわけがないのは、四十一年間の人生で充分以上に学んでいる。なにより巫女の真剣な、そして深刻な表情を見れば、そんな理由ではないだろうとわかる。

「信じてもらえないかもしれませんが、私、その……他人の未来が少しだけ見える体質なんです」

　遅めの夏休みを終え、仕事に復帰した和馬はそれから間もなく会社を辞めた。本当は次の仕事を決めたあとで退職するべきなのだろうが、そうはしなかった。

『あなたが、苦しげな顔で頭を抱えている姿が見えました』

　辞職に踏みきれた最後の一押しは、あの神社で出会った美しい巫女の、謎めいたセリフだった。実際にはもっとあれこれと説明されたのだが、どうも話すのが苦手のようで、詳しくはわからなかった。

『たぶん、あなたの勤め先でなにか起きたんだと思います。……たぶん、ですが』

　自信なさげな、けれど出会ったばかりの中年男を本気で案じてくれている巫女の真摯《しん し》な瞳が、和馬の心を揺り動かしたのだ。

（我ながら凄《すご》いよなぁ、旅先で出会った巫女の言葉で退職を決めたなんて）

　元々、会社を去ることは考えていた。辞める方向に傾いていたが、それを決定づけたのが、巫女の怪しげな予言（？）だ。

（普通に考えたらヤバすぎる発言なのに、なぜか俺には、あれが真実に聞こえた。もしかしたら俺、カルト宗教とかに近づくといい鴨《かも》になる？　単純？）

和馬が退職して間もなく、その事件は起きた。会社ぐるみの汚職事件だった。新経営陣による強引な手法は和馬も危ういと思っていたが、さすがにここまでの規模は予想外だった。

かつての同僚に連絡を取ってみると、社内は大変な騒ぎらしい。「お前は最高のタイミングで辞めたよな」と冗談めかした口調で言われたが、偽らざる本心だろう。なにしろ、和馬自身がそう思っているのだ。

(これはぜひ、恩返しせねば)

古巣の混乱を尻目に、和馬はすぐに動いた。自分でも驚くくらいの行動力だった。まずは上呼神社をもう一度訪れ、巫女である川宮《かわみや》梓《あずさ》と再会。そして、助けてもらった礼として、この神社を買い取ると告げた。

「い、いいんですか?」

「ええ。おかげさまで最高のタイミングで会社を辞められたので、退職金が満額入ったんです。あなたのアドバイスがなければ、今頃は会社で地獄を見てましたからね。退職金だって出たかわからない。それを思えば、安いくらいです」

とつぜんの申し出に梓は戸惑っていたが、背に腹は代えられぬと受け入れてくれた。

土地の購入が無事に終わったあとも、和馬は神社に通いつづけた。ふだんは派遣社員としても働いている梓に代わり、神社の清掃や修復作業をするためだ。素人だから技量はないが、時間とやる気だけはあったおかげで徐々に境内が小綺麗になっていく。

「これは……楽しいぞ、うん」

一カ月でだいぶ見違えた神社を眺め、和馬は満足げにつぶやく。冬が近づき、日が落ちるのが早くなったため、作業時間が短くなったのが悔しいほどだ。

「前の仕事は達成感とか全然なかったからなぁ」

働けば働いた分だけ、結果が形になる。それが新たなモチベーションとなり、さらにやる気が出た。会社にいたときには得られなかった充足感だった。

「あの日、梓さんに会わなかったら、こんな楽しさは味わえなかったわけだ。通り雨に感謝しないとな」

「それは私のセリフですよ、和馬さん」

「あ、お帰り。今日もご苦労様」

週の半分ほどは地元で事務員をしているという梓が、いつの間にか和馬の斜め後ろに立っていた。互いを名前で呼んだり、砕けた口調になったりするくらいには梓との距離が縮まったのが嬉《うれ》しい。

(巫女さんの格好もいいけど、スーツ姿も似合うんだよなぁ。これでもう少し背筋を

伸ばせば、もっと最高なんだが）

メイクも最低限、髪も後ろで結わいただけ。シンプルなスーツに身を包んだ梓は、一見すると本当に地味だ。背は決して低くないのに、猫背のため、印象で大きく損をしている。

（よく見るとすっごい美人なのに、もったいない）

驚いたのは、梓が三十一歳だったことだ。出会った当初は二十代半ばと思っていたので、和馬は年齢を聞いた際、「えっ⁉」と、大きな声をあげてしまったほどだ。

「なんだか、夢みたいです。自分以外の人が境内で作業してくれるのが、凄く嬉しいんです。祖母が亡くなってからは、ずっと私一人でしたので」

梓は一歩前に進み、和馬の隣に並ぶ。そして和馬の顔をちらりと見たあと、はにかんだ笑みを浮かべた。

（おお、か、可愛い……！　これで三十一歳とか、信じられないっての！）

最近の梓はときどきこうした表情を見せてくれるのだが、そのたびに和馬は、まるで少年時代のような胸の高鳴りに襲われる。

「あのときの雨はうちの神様が降らせてくれたんじゃないかと、最近、本気で思いはじめたところです。和馬さんと出会えたのは、奇跡だって」

中年男の動揺をよそに、梓は朽ちた柱を交換したばかりの祠《ほこら》を見る。地元のホームセンターで購入した材木に素人のＤＩＹなので本当に最低限の補修だったが、それでも見た目の印象はかなりよくなっていた。

「はは、大袈裟《おおげさ》な」

「いえ、いいえ」

梓は首を横に振り、彼女にしては珍しくきっぱりとした口調で否定する。

「和馬さんのおかげで、お祖母《ばあ》ちゃんから、ううん、ご先祖様から受け継いだこの神社を、なんとか維持することができました。ただ……」

「ただ？」

「結局は、私の代で終わってしまうんですけどね。次の巫女がいたら、話は別なんですが」

「？」

ここでなぜか、梓はちらりと和馬を見た。頬がほんのりと赤い。

「あっ、な、なんでもないです、忘れてくださいっ」

さっきよりもさらに頬を赤らめた梓が、ぶんぶんと首を振る。そのたびに結われた黒髪が揺れるのが、どこか愛らしい。

「梓さんも帰ってきたし、俺はそろそろ引きあげるよ。晩飯の支度もしなきゃだし」

現在、和馬は神社から少し離れたところにあるウイークリーマンションに滞在していた。いずれは賃貸住宅を見つけ、引っ越すことも検討している。

「あのっ、そ、そのことで、のちほどご相談がっ」

そう言った梓は、顔どころか耳の先まで真っ赤だった。


「ここはまわりになにもないですけど、いちおう電気もガスも水道もネットも来ています。自然だけは豊かですし、車やバイクがあれば日常生活もどうとでもなります」

「はあ」

梓の「ご相談」は、夕食をごちそうになったあと、唐突に始まった。

(梓さんの話って、なんだ？　悪いことじゃなきゃいいが……)

またなにかよからぬ未来が見えたと告げられるのかと、和馬は緊張する。が、緊張の度合は、明らかに梓のほうが上だった。

(食事中も上の空だったしなぁ。えー。マジでまた俺の悪い未来が見えたとかか？)

「境内の建物はどれも古いですが、部屋数は余ってますし、改装改築、なんでも好きにできます。賃貸だと、そうはいきません」

「……？」

「とうぜん、お家賃はいりません。むしろ、私が払うべき立場ですし」

「……あ」

ここでようやく、梓がなにを言いたいかに気づいた。

（なるほど。毎日ウイークリーマンションから通うくらいなら、神社の空き部屋を使えばって言ってくれてるのか）

和馬としては、いろいろな意味で魅力的な提案だった。神社購入に使ったとはいえ退職金はまだ残っているし、貯金もそれなりの額がある。が、現在は完全に無職のため、出費を抑えられるのは非常にありがたい。

（しかも、梓さんと同じ敷地内で暮らせるわけだ。俺にとってはメリットしかないぞ、この話）

すでに和馬は、梓に対する恋心をはっきりと自覚していた。焦るつもりはないが、可能ならば友人以上の関係になりたいと思っている。

「俺からすれば、非常にありがたい申し出だけど……梓さんは大丈夫なのか？」

「大丈夫、とは？」

「いや、俺みたいな余所者《よそもの》の独身男が同じ敷地内で暮らしてるって知られたら、その、地元の人に邪推されたりとかさ」

「ああ、大丈夫ですよ。こんな寂れた神社の巫女なんて誰も気にかけてませんから」

自虐のセリフを、梓はさらりと、微笑《ほほえ》みながら口にする。本気でそう思っている顔だった。

「それに、私にも得はあるんです。頼もしい男性が近くにいてくれたら、防犯にもなりますので。こんな山の中の神社ですし、万が一、強盗に押しこまれても、助けも呼べません」

「た、確かに……！」

周囲になにもない神社にたった一人で暮らす、影のある美しい巫女。邪悪な賊にとっては、まさに美味しい餌に見えることだろう。

「まあ、ここに金目の物があるなんて誰も思いませんでしょうし、そんな心配するだけ無駄だとわかってるんですけどね」

（違う！　きみ自身に価値があるんだよ！　あぁ、この人、自分がどんだけ魅力的かわかってない！　男にとって、たまらない存在だって自覚が皆無だ！）

梓の危機感のなさに反比例して、和馬の不安が急激に増してくる。

「わかった。この申し出、ありがたく受けさせてもらう」

「そ、そうですか」

和馬の返事に、梓の顔に安堵《あんど》が浮かび、次に、うっすらと頬が赤らむ。

「俺みたいなおっさんになにができるかはわからないが、防犯に全力を尽くすと約束しよう」

「……え？　防犯？　え？」

目を瞬かせる梓をよそに、まずは防犯カメラをどこに設置するかを考えはじめる和馬だった。


(朝はもうだいぶ寒くなったわね。そろそろ暖房の準備をしなくっちゃ。あ。和馬さんの分のストーブ、あったかな？)

冬の到来を肌で感じながら、三十一歳の巫女は早朝の廊下を静かに進む。

(井戸水だからまだ水温が安定してるけど、水道水だったら絶対に無理よね、これ。冷たすぎて)

祖母から巫女を引き継いで以降、梓がほぼ毎朝欠かさず続けているのが禊《みそぎ》。すなわち清めの水浴びだった。

『神様、つまり初代様に対する朝のご挨拶と心身を清めるのが目的なんだし、別にどこで、どんなふうにやってもいいんだよ』

笑いながらそう言っていた祖母に倣い、風呂場でシャワーを浴びるだけなので、それほどの負担には感じない。むしろ、眠気が飛んで気持ちがいいくらいだ。冬場を除けば、だが。

「うっ、寒い」

寝間着代わりの浴衣と下着を脱衣カゴに入れて全裸になった梓は、冷えきった浴室でシャワーを浴びる。両手を合わせ、目を閉じ、全身を清める。

「お湯、お湯っ」

そのあとは湯を出して、冷えた身体を温める。指先まで血液が流れていくこの感覚が、梓は大好きだ。

(あ。そろそろ処理しないと)

恥丘にぽつぽつと黒い点があるのを見て、梓はクリームとカミソリを手に取った。無駄な体毛はきっちり処理をするのも、巫女の務めと考えているためだ。

(永久脱毛したほうが楽なんだろうけども)

手早くクリームを塗布し、股間と腋《わき》を中心に、丁寧に、けれど手早くむだ毛を処理する。十年以上も続けているので、勝手に手が動いてくれる。

「これでよし、と」

もう一度シャワーで全身を綺麗に洗い流す。確認のために股間を撫《な》でると、見事につるつるになっていた。剃《そ》るのは面倒だし恥ずかしいが、この処理直後の滑らかな感触は好きだ。

「ん……んふ……」

最初は純粋に剃り残しがないかの確認だったはずなのに、梓の指は次第に恥丘からその下に向かっていく。

(ダメ……ダメよ……身体を清めたばかりなのに、こんなことしちゃダメなんだからぁ……)

ブレーキをかける理性とは裏腹に、指は秘裂をまさぐっていた。三十一年間の人生で、いまだ自分の指以外を知らない柔らかな襞《ひだ》が卑猥に蠢《うごめ》き、淫らなツユを分泌する。

「はっ……あっ……ンッ」

梓はすのこに両膝をつくと、左手で己の口を塞ぎつつ、右手で女陰をいじる。

(いつもより、敏感になってる……ああ、気持ちイイ……声、出ないようにしないと……あふん!)

引っこみ思案で人見知りする性格のうえ、薄気味悪い予言をする女というレッテルを貼られたせいで、梓はこれまで誰かと交際した経験が皆無だった。キスすら知らぬ、正真正銘の処女である。

(最近、してなかったせい……？　あっ、あっ、凄い、軽く触っただけなのに、びりってしちゃうぅ)

一方で、人並み、いや、それ以上に性欲は強かったため、オナニーは梓の日常の一部になっていた。

「ふっ……ううン……んっ……あっ……はっ、ふっ、んんんん……！」

あっと言う間に勃起したクリトリスが包皮を押し退《の》け、顔を出す。その鋭敏な突起を指の腹で転がしつつ、左右に捲《めく》れはじめた陰唇、そしてその奥の窄《すぼ》まりをまさぐる。

(こんなところを和馬さんに見られたら……ああ、ダメ、想像しただけで恥ずかしい……ッ)

和馬が起床するのはまだ先のはずだ。しかし、絶対ではない。もし和馬がいつもより早く起きて、かつ、シャワーを浴びようなどと考えた場合、鉢合わせしてしまう。

(身を清めていたはずの巫女が、浅ましい自慰に耽《ふけ》ってるなんて知られたら……アアッ)

絶望的な状況を想像したとたん、愛液の量が増した。下腹の奥がきゅんと疼《うず》き、全身をぞくぞくとしたものが駆け昇る。

「ああ、見ないで、見ないでください……私の最低な姿、和馬さんにだけは見られたくないのぉ……あああぁ……！」

指の先端を膣口に埋《うず》め、くちゅくちゅとかきまわす。同時に、口を押さえていた左手で豊満な乳房を揉みしだく。三十路《みそじ》を過ぎたとは思えないくらいに鮮やかなピンク色の乳首は卑猥にとがり、指でつまむだけで鮮烈な快感を生み出す。

（やめないと……こんなまね、すぐにやめないとぉ……せめて、自分の部屋に戻って……）

どんどん高まる性欲の前に、もはや理性はなんの役にも立たなかった。

（イキたい……イキたい……思いきりかきまわして、イキたいのぉ……）

上気した顔の処女巫女はボディローションをたっぷりと手に取ると、それを肛門に塗りたくる。十代の頃からアナルオナニーに慣れ親しんだ菊穴は、早くもひくひくと蠢き出す。

「あっ、あっ、入る……入っちゃうぅ……んん……イヤ……お指、お尻にぃ……はっ、はっ、はあああぁ……ッ」

潤滑油代わりのローションの助けもあり、中指がすんなりと裏門に呑《の》みこまれた。

（もう一本……んんんっ）

　続けて薬指もねじこむ。痛みはまったくない。心地よい圧迫感と、甘美な快楽が全身に広がっていく。大きく、深く、長く息を吐くと同時に、二本の指を根元まで挿入する。明らかに、慣れた動きだ。

（お尻、気持ちイイ……ああ、たまんない……ッ）

　梓がこちらの穴での独り遊びに目覚めたのは、オナニーを知った時期とほぼいっしょだ。処女膜を破って純潔でなくなった場合、予知能力も喪《うしな》うのではと怖れたのが、最大の理由である。

「ふっ、んっ、んあっ、くふっ！　ああ……あああぁ……っ」

　不幸な光景しか見せてくれず、結果的に孤独な人生を歩む原因となった力だが、それでも梓は捨てられなかったのだ。

（いけないこと、なのにっ……お尻で気持ちよくなるなんて、普通じゃない、変態なのにぃ……ああ、イイ……お尻ほじると、ぞくぞくが止まらないのぉ……っ）

　腸壁をまさぐる指の動きはどんどん加速し、それに合わせてぐぽぐぽと、朝の爽やかな空気にそぐわない淫猥な音が風呂場に響く。

「はっ、ふっ、ンッ、んうッ！　ダメ……ふひっ、ひっ、来る……来てるぅ……アッ、イヤ、イヤ……あああぁっ、もうダメ……来ちゃううぅ……!!」

急速に接近するアナルアクメに、三十一歳の処女巫女が肢体を小刻みに震わせる。嬌声《きょうせい》を堪《こら》えることを諦め、荒々しく豊乳を揉みしだき、全力で肛悦を貪る。

「はっ、はっ、はあっ、来る、イク、イク、イクイク、お尻でイク……ッ」

乳首をねじり、アヌスを抉《えぐ》っていた二本の指を大きく折り曲げた刹那、梓は背徳の頂《いただき》に達した。

「はううぅンン！　イク……イックぅ……!」

男を知らぬ巫女とは思えぬ生々しい声をあげ、己の指を強烈に締めつけながら、オルガスムスに痙攣《けいれん》する。

(あぁぁ、私、巫女なのに……禊中にお尻をいじってイクなんて、巫女、失格ぅ……でも、気持ちイイ……ああ……!)

鋭い快楽と激しい自己嫌悪のなか、梓はなかなか引かない愉悦の波に翻弄されるのだった。

神社に引っ越してきた和馬は自分の荷解《にほど》きもそこそこに、境内の防犯強化を始めた。己の魅力に無自覚な美人巫女の身を案じたがゆえの、迅速な行動であった。

「よしよし、しっかり撮れてるな」

和馬は防犯カメラを大量に購入し、それを境内のあちこちに設置した。

「わあ、凄いです……！」

カメラの映像が社務所のPCに映し出されたのを見て、梓が目を丸くする。

「これでも、ネットワークカメラとしては安いほうなんだよ」

それなりに広い境内を死角なくカバーするためには、カメラはある程度の台数が必要だ。そこで和馬は安価な、けれど評判のいいカメラを導入したのだ。

「いえ、凄いのは和馬さんですよ。まさか、たった数日でこんなふうになるなんて、びっくりです」

「いやいや、ちょっとPCとかスマホいじれれば、誰でもできるって。最近のカメラはよくできてるしな」

「私には絶対に無理です。家の中でネット使えるようにするのも、業者さんに全部お任せしたくらいですし」

「ああ、ネットワーク関係は面倒かも。ダメなときはとことんダメだし。以前、姉に頼まれて防犯カメラ設置したことあるんだが、このときは接続がすぐに切断されて、大変だったなぁ。姪《めい》っ子にさんざんからかわれたし」

そのときの様子を思い出し、和馬は苦笑いを浮かべる。

「和馬さん、お姉さんと姪っ子さんがいらっしゃるんですね」

「ああ。姪っ子は、姉さんの再婚相手の連れ子なんだ。今、高校受験の勉強で大変らしく、しょっちゅう、愚痴のメッセージが来る」

「へえ、仲がいいんですね。羨ましいな……」

セリフの後半は小声だったため、和馬にはよく聞き取れなかった。

「それで、このアプリではなにができるんですか？」

梓が、自分のスマートフォンをいじりながら質問してくる。

「カメラになにか動くものが映った場合、通知が行く。風で木の枝が揺れただけでも反応しちゃったりするんで、あんまり神経質にならなくてもいいとは思う。ただ、万が一があるから、余裕があったら確認してみてほしい」

「わかりました」

スマホを両手でぎゅっと抱きしめた梓が、神妙な顔で頷《うなず》く。

「あの」

「ん、なに？」

「もし、もしもカメラに怪しい人が映ってたときは、どうすればいいでしょうか？」

「そのときは警察に……いや、俺のところに来たほうが早いな。最悪、俺が時間稼ぎしてるあいだに、梓さんが通報するって感じで」

そんな事態にならないことを心から願いつつ、質問に答える。と同時に、とある疑問が生じた。

「そういうのって、予知できないの？　それとも、自分の未来は見えないとか？」

「いえ、たまに見えますよ、自分の未来も。ただ、予知はいつ、どのタイミングで見えるか私にもわからないんです。一日に二回見えたときもあれば、何カ月も……なんてこともしょっちゅうで」

「なるほど。それじゃあ、防犯はしっかりしておいたほうがいいな」

いざというときに梓を守れるよう、武器になるものも用意しておこうと心に誓う和馬だった。

（神社ってのは、千差万別なんだな。ある意味、なんでもありだ。まさに八百万《やおよろず》の神、か）

最近の和馬は、日中は境内の清掃や整備を進め、夜や悪天候で作業ができないときは、神社に関する勉強を進めていた。この夜も興味の赴くままに、書物とネットを交互に眺める。

(それでも、巫女を祀る神社ってのはあんまりないな。ネットでは見つからないだけで、実際はけっこうあったりするのかもしれないけども)

梓に聞いた話や借りた資料によると、上呼神社で祀られているのは、かつてこの地方で様々な予言をした巫女となっていた。梓の祖先に当たるらしい。

(いや、初代だけじゃなくて、代々の巫女も祀ってるって梓さんは言ってたな。巫女の、巫女による、巫女のための神社ってわけだ。……ふむ。なんか、行けそうな気がしてきたぞ)

和馬があれこれ調べているのには、興味以外にも理由があった。どうにかこの神社を盛りあげる方策のヒントを探していたのだ。

(こう、巫女を前面に押し出せば、巫女好きに受けるのでは? 老若男女、巫女さんはみんな好きだと思うし。可愛いし。清楚《せいそ》だし。綺麗だし。ご利益ありそうだし)

和馬は「巫女」というキーワードで画像検索をする。各地の神社での祭事などの写真が次々と表示されるが、やはり巫女の存在感は大きい。ビジュアル的にも映えるのだ。

「でも、うちの巫女さんが一番綺麗で美人だな、うん」

梓を前面に押し出せば、あるいはミーハーな巫女好きが参拝してくれるかも、などと安易な策も考えたが、長続きはしないだろうと却下した。

「もう一人くらい、梓さんに負けないくらいの素材がいたら、この路線で攻めるんだがなぁ。ダブル美人巫女とかで。安易だし下世話だけど」

和馬は腕組みをして、自分の知っている美女を思い浮かべる。四十一年間生きてきたのだからそれなりに数多くの女性を見てきたはずだが、梓に匹敵する美女は記憶にない。

（初めてのときのインパクトが強すぎなんだよなぁ）

たまたま立ち寄った神社で雨宿りをしていたときに、とつぜん目の前に現れた梓の姿を、和馬は今も鮮明に思い出せる。雨で濡れた黒髪や憂いを帯びたまなざし、純白と緋色の巫女装束、そのすべてが、まるで一枚の絵画のようだった。

「……ヤバい。俺、マジであの人に惚《ほ》れてるじゃんか」

少年時代の初恋を含め、ここまで胸が高まった経験はない。かつてつき合った恋人にも、これほどの想いは抱かなかった。

（俺がもう少し若ければなぁ）

梓への好意を自覚しつつも、特に行動を起こさないのは、やはり年齢を気にしてのしまう。

ことだ。また、梓が自分に抱いているであろう恩を盾に取るみたいで、卑怯《ひきょう》に感じて

「あとひとまわり……だと、梓さんより歳下《としした》になっちまうから、あと七、八歳若ければなぁ。ああ、おっさんはつらい……若者に戻りたい……」

つい、そんな弱音とも愚痴ともつかぬ独り言をつぶやいた瞬間、和馬の脳裏に一人の少女の姿が浮かびあがった。姉の再婚相手の連れ子、つまり和馬の姪である。若者からの連想だった。

（あいつか。あいつなら、梓さんと並んでも引けを取らないな。中身はともかく、見た目はすっげぇ美少女だから）

一瞬、この姪に巫女のアルバイトをやらせる作戦を考えたが、すぐに打ち消す。

「中学生、それも受験生になにさせようとしてるんだ、俺は」

姪は来春、高校受験を控えている。しかも志望校に悩んでいると、本人から相談も受けている。そんな姪に巫女のバイトなどさせられるわけがない。

「はあ……。どうやってここを盛りあげるかなぁ……」

振り出しに戻ったところで、廊下が軋《き》む音が聞こえてきた。こちらに近づいてくる。

「あ、あの、和馬さん、こんな夜更けに申し訳ありません」

「梓さん？……うわっ⁉」

襖《ふすま》を開けると、なぜか巫女装束を纏《まと》った梓が青い顔で立っていた。手には大幣《おおぬさ》、すなわち神主などが振るう棒状の祭具が握られている。

「な、なんだ？　今からなにか始まるのか？　代々伝わる秘密の儀式とか？」

巫女が大幣を使うことは基本的にないはずだが、なにしろ付焼刃の知識なので、自信がない。

「い、いいえ、これは……ま、万が一に備えて、です。私もいちおうは巫女の端くれですし、いざというときに効果があるかもと思って、引っ張り出してきました」

「？」

「実はカメラに、こんなものが映ってたんです」

恐るおそる差し出されたスマホを受け取り、防犯カメラが捉えた映像を再生する。動く物体があれば自動的に録画する設定になっているのだ。拝殿の周囲を映しているカメラだった。

（布が風ではためいてる？　いや、動いてるな、これ）

深夜で赤外線モードに切りかわっているため、色はよくわからない。布状のなにかが、ずりずりと拝殿に這い進んでいるように和馬には見えた。しかも、

「……目？」

二つの目らしきものが光っていた。

「ちょっと見てくる。ここで待っててくれ。……え？」

立ちあがった和馬の腕に、梓がしがみついてきた。

「ダメ、です」

一瞬、自分を案じてくれたのかと喜んだが、残念ながら違った。

「あ、あれがお化けだったらどうするんですかっ。もしも祟《たた》られたら……っ」

「お化け？　いや、たとえそうだとしても、祟られるのは俺だし。梓さんはここにいれば大丈夫だろ？」

意外なことに、どうやら梓はこういうものが苦手らしい。

「ひ、一人にしないでくださいっ」

「ああ、なるほど。もしかして、その格好の理由はそれ？」

和馬は改めて梓の姿を見る。巫女装束に大幣という格好は、要するに、お化けへの防御なのだろう。

「初代様や、ご先祖様が守ってくれるかもって……」

「大丈夫だよ。非力ながら俺もきみを守るつもりだしな」

口にしてから、己のセリフの恥ずかしさに耳が熱くなる。

（な、なに言ってんだ俺はっ）

梓の反応は、わからなかった。確認するのが怖くて、逃げるように部屋を飛び出し、拝殿へと向かったせいだ。

（あああ、四十すぎのおっさんが、なんて、なんて恥ずかしいまねを……！）

冷たい夜気でも、火照った顔はなかなか鎮まってはくれなかった。


「えー……大変言いにくいんだが……お化けの正体は、その……」

拝殿から戻ってきた和馬の前では、巫女が両手で顔を覆っていた。

「はい……一部始終、カメラで見てました……」

恐怖で顔を隠しているのではない。恥ずかしさを堪えているのだ。その証拠に、長い黒髪の向こうに真っ赤な耳が見える。

（さっきの俺の耳も、きっとあんな感じだったんだろうな……）

和馬の手には、工事現場などで使うシートがあった。修繕中の小さな社に被《かぶ》せていたものが、風で飛ばされたらしい。そして、このシートに野良猫が潜りこみ、あの謎のお化けになったのだ。

「猫は俺を見て逃げちゃったけど、たまに境内にやってくるやつだった」

「はい……」

「飛ばされたシートは元に戻して、ちゃんと固定してきた」

「はい……」

「まあ、そんなわけだから……もう、大丈夫だぞ、うん」

「はい……ああ、恥ずかしいですっ。いい歳をした大人が、あんなものを本気で怖がって、こんな格好までして……っ」

梓は相変わらず顔を手で覆ったままだ。

（美人巫女が羞《は》じらう姿……なんか、イイな。可愛い。めちゃくちゃ可愛い）

本気で恥ずかしがってる梓には悪いと思いつつ、和馬はここぞとばかりに、目の前の巫女をじっと見つめていた。可能なら、スマホを取り出して動画で撮りたいくらいだ。むろん、そんなまねはしないが。

「恥ずかしいのはお互い様だって。俺もさっき、その、とんでもなく恥ずかしいセリフ言っちゃったわけだしさ」

このまま羞恥に身悶《みもだ》える梓を眺めていたい気持ちをぐっと堪え、慰めの言葉をかける。

「……？　なんのことです……？」

　ここで梓が、ようやく手を下ろし、顔を見せてくれた。赤くなった目元と潤んだ瞳は、愛らしさと同時に艶めかしさも感じさせ、和馬の心拍数を高める。

「いや、ほら……きみを俺が守るとかなんとか……」

「え？　あれ、恥ずかしいんですか？」

　梓が、きょとんとした顔になる。こんなおっさんが言うにはさ
「恥ずかしいよ、そうとうに。こんなおっさんが言うにはさ」

「いいえ、私、凄く心強かったです、和馬さんに言われて」

「そう言ってもらえると、少しは恥ずかしさが紛れるな」

「それに比べて私は……ああ……」

　笑みを浮かべたのも一瞬で、梓は再び、顔を手で覆ってしまった。

「梓さんがお化けが苦手だったおかげで、俺はいいものを見られたけどね」

　今度は違う手で、慰めてみることにした。

「いいもの……？」

「俺、巫女の格好をしたきみが好きなんだ。初めて出会ったときの印象がえらく強くてな。綺麗で神秘的で儚《はかな》げで……ええと、まあ、うん、その、とにかく素敵で可愛く

て、いつまでも見ていられるっていうか」
（ああ、また同じミスを！　なんで恥ずかしいセリフを言うかな、俺は！）
ただ恥ずかしいだけならまだしも、「巫女の格好が好き」は、誤解を招きかねない。
巫女の格好をしてない梓は好きではないと思われてしまうかもしれないし、あるいは
巫女フェチだと、気持ち悪がられる可能性だってある。
「す、好き、ですか？　和馬さんが、私、を……？」
しかし、梓はこれらとはまた別の誤解をしたようだ。
（ん？　んん？　んんん？　まさか梓さん、俺が告白したと勘違いしてる？　いや、
俺が梓さんを好きなのは事実だから、そういう意味では合ってるけど！）
梓はさっきまで顔を覆っていた両手を胸の前で組み、じっとこちらを見つめている。
その姿に、嫌悪感は感じない。むしろ、喜んでいる空気すらある。
（イヤがって、ない？　これ、もしかして、もしかするのか？　ここは誤解に乗っか
って、ちゃんと告白すべきなのか……⁉）
告白が失敗に終わった場合のダメージを考えると、リスクは高い。しかし、成功し
たときのリターンはそれ以上だ。なにより、こんな好機は二度とないだろう。
「好きだ。俺は、梓さんが好きだ。たぶん……いや、初めて出会ったあのときからず

っと、きみを見つめつづけ、焦がれつづけてきた」

「……っ」

梓が目を見開き、息を吸いこむ。

「俺と、正式につき合ってほしい。……好きだ、梓」

肝腎なときになると言葉が出てこなかったため、これ以上なくストレートな告白になった。これでは初めて告白する中学生みたいだと思ったそのとき、きゅっと両手が梓に握られた。

「はい。こんな私でいいのでしたら……よろしくお願いします……っ」

恥ずかしさに俯《うつむ》きつつも、ちらちらと上目遣いでこちらを見つめてくる巫女の愛らしさに、和馬は考えるよりも先に動いていた。

「梓……」

「あ……ん……っ」

和馬が顔を寄せると、梓は軽く顎を持ちあげてくれた。

軽く触れ合わせた唇は、少しだけ震えていた。

(だ、大丈夫か? 梓、イヤがってないか?)

和馬にすれば、告白の成功とキスだけで充分だった。充分すぎたくらいだ。にもかかわらず二度三度と唇を重ね、ついに舌まで絡ませてしまった。

「んふ……ちゅ……くち……ちゅく……ン……んふン……ちゅぷ……」

最初のキスのあとの梓が、まるで「もっと」と訴えているような表情に見えたためだ。実際、梓にキスを拒む様子はまったくなかった。だから和馬は調子に乗って舌を伸ばしたのだが、梓はほんの一瞬だけ躊躇《ちゅうちょ》したのち、唇を開けてくれた。

（梓、ずいぶんとぎこちないな。こういうキスに慣れてないのか？　まあ、俺も偉そうに言えるほどの経験はないが）

初々しさすら感じる反応に、和馬は慎重に、丁寧に、優しく舌を動かす。

「ふっ、ん、うぅん……ぴちゃ、ちゅ、ぷちゅ……くちゅ……ちゅく……」

頬に当たる鼻息が熱い。徐々に梓の舌の動きも活発になってきた。気づけば、梓の両手が和馬の背中にまわされていた。互いの胸が密着し、白衣に隠されていた豊かな膨らみがその存在感をアピールしてくる。

（うおっ、梓のおっぱい……！）

巫女の格好だとそこまで目立たないが、梓が実はかなりの巨乳だということは、もちろん気づいていた。密《ひそ》かに気になっていた魅惑のバストが押しつけられるたびに、和馬の肉欲が漲《みなぎ》ってくる。

「ぷはあっ……はあ、はあ、はあ……っ」

とつぜん、ディープキスが中断された。どうやら、息が苦しくなったらしい。梓は肩で息をしながら、先程と同じく、ちらちらと和馬を見ている。目が合うとすぐに視線を逸《そ》らすくせに、すぐにまた見つめてくる仕草がたまらなく愛らしい。

(これは、続きをせがんでるやつか。意外と積極的なんだな、梓)

和馬にしてみたら、嬉しい誤算だった。けれど、梓がどこまでを望んでいるのかがわからないので、油断はしない。まずはもう一度唇を重ね、ちろちろと舌を絡めつつ、そっと胸に手を置いてみた。

「ン……っ」

ぴくんと梓の肢体が震えた。が、やはり拒む気配はない。それを確認した和馬は、バストを軽く揉みはじめる。想像以上の大きさに、思わず涎《よだれ》が溢《あふ》れてしまう。その唾が舌を通じて梓の口内に注がれると思うと、さらに昂《たかぶ》った。

「んん……ふっ……むちゅ……ン……ふーっ、ふっ、ふっ……むちゅ……っ」

梓は、より強くしがみついてきた。結果的に、和馬の手のひらに乳房が押しつけられる格好になる。あるいは、それが目的だったのかもしれない。

(い、いいのか？　いいのか？　最後までやってもいいのか？　ガキみたいにがっつく中年って、最低とか思われないか？)

人生経験で培われた理性と良識がブレーキを踏む。だが、男の本能というアクセルが勝った。

「梓が、欲しい」

今度はこちらからディープキスを中断し、互いの唇を涎の橋で繋いだまま、欲望を素直にぶつける。

「…………」

梓は目を伏せたまま、なにも言わない。そのくせ、もの言いたげに、上目遣いで和馬を見る。これ以上なく雄弁な承諾だった。

「こっちへ」

和馬は手早く布団を敷き、その上に梓を座らせた。ふだん自分が寝ている布団の上に梓がいる光景は、妙な生々しさと後ろめたさがあった。神聖な境内で、神の使いである巫女を抱く。そんな背徳感すらも、興奮へと変換されていく。

「あ、あの、これは脱がないほうがいいです、よね？」

「え？」

梓の言う「これ」とはもちろん、巫女装束だ。最初は肌を晒《さら》すのが恥ずかしいのかと思ったが、そうではなかった。

「だって……和馬さん、さっき、巫女の格好をした私がその……す、好きって」

「あ。た、確かにそんなふうに言ったけど、あれは別に、巫女じゃなければダメって意味じゃないぞ!?」

もしかして、自分は重度の巫女フェチと思われているのかと、和馬は焦る。

「わかってます。でも……こっちのほうが興奮するのかなって」

「……ど、どちらかと聞かれれば……はい……興奮、します」

建前と本音のせめぎ合いの結果、和馬は己の欲望に正直に従った。

「なんで敬語なんですか。別に、怒ったり呆《あき》れたりしませんよ。それに、私だって、ちょっとはそういう妄想、したことありますし」

セリフの後半は、少し早口だった。首筋がぽっと赤く染まる。

(そういう妄想って、どんな妄想だ？　え？　巫女の格好でエッチすることか？　それとも……俺に抱かれること、か？)

さすがにこの質問はできない。しかし、梓が自分との行為を拒んでいないとわかっただけで充分だ。

「あ、あの、ひ、一つだけお願いがあるんですっ」

「うん。なに？」

「もし、その……純潔でなくなったら、あの力がなくなるかもって、怖いんです。怖い未来しか見えないけれど、それでもあれは、私の唯一の取り柄ですから」

「……え？　え？」

梓がなにを訴えているかは理解した。その気持ちもわかる。にもかかわらず和馬が動揺したのは、目の前のこの美しい人が純潔、すなわち処女であるという事実にだ。

「梓……経験、ないの？」

「は、はい。言いましたよね、私、人づき合いが下手だって。男の人とおつき合いなんて、できるわけがないです。その……キ、キスも、さっきのが初めて、だったんですよ？」

三十一歳の処女が耳の先まで赤くしながら、衝撃の告白をする。

（処女!?　俺がファーストキスの相手!?）

「驚き、ましたよね。呆れ、ましたよね。こんな歳になってキスも知らない女なんて、面倒だなって思いましたよね……？」

うっすらと涙ぐむ梓を見て、和馬は慌てて首を横に振る。

「違う違う、絶対に違う！　逆！　驚いたけど、いい意味で！　感動してただけ！」

「感動……？」

「男ってのはさ、バカで、無駄に独占欲強い生き物だからさ、好きになった女が自分しか知らないなんて、最高に嬉しいんだよ」

「好き……っ」

改めての告白に、梓がはにかむ。

「あ。でも、予知能力がなくなるのが怖いってのは俺にもわかる。となると、処女は大切にとっておかないとまずいよな……」

正直に言えば、残念と感じる気持ちはある。けれど、巫女という役割に誇りを持っている梓の想いを尊重したい気持ちはそれ以上に強い。

（ま、お互いの気持ちは確認できたんだし、キスはセーフらしいし、今はこれで充分だ。むらむらは、あとでこっそりオナニーして処理しちまおう）

そのうち手コキくらいはしてもらえるかも、などと邪《よこしま》な期待を抱きながら、そっと梓の頭を撫でる。

「了解した。俺は梓の気持ちを尊重する。絶対に無理強いはしない。キスで充分幸せだしな」

「えっ」

自分としては歳上の、余裕ある大人の男っぽく言えた自信があったのだが、梓の反応は微妙だった。明らかにがっかりした表情に、和馬は焦る。歳上の、大人の余裕など、一瞬で消し飛んでいた。

「キスも、まずかったか？　なら、これからはキスも我慢を……」

「違います。逆です。……私のお願いの続き、聞いてください」

処女を奪わないでほしい、それが梓の願いだと思っていたが、違うようだ。

「あ、ああ、遠慮なく言ってくれ。俺にできることなら、なんだってするぞ」

「信じますよ？　信じちゃいますよ？」

「？　ああ、信じてほしい。惚れた女の願いだ、全力で応えるよ」

こういうときは大袈裟なくらいアピールしたほうがいいだろうと、和馬はどんと自分の胸をたたいて頷く。

「わかりました。……純潔は守りたいけど、和馬さんと一つになりたい気持ちは私にもあります。だから……べ、別の穴で、してくれますか……？」

（よかった……。変態だって罵られなくてよかった。せっかく両想いだってわかった

ばかりなのに、直後に振られるなんて、惨めすぎるもの）

初めて好きになった男の布団で四つん這いになりながら、梓は安堵の息を吐く。

（で、でも、する、のよね？　お、お尻で……和馬さんと……っ）

和馬に拒まれるという最悪の事態は回避できた一方で、これから始まる行為への羞恥と興奮が梓を襲う。

（大丈夫、大丈夫。ちゃんとお尻は綺麗にしてきたし、ローションも持ってきたし、あとは私がしっかり和馬さんを受け入れればいいだけ……！）

和馬がアナルセックスでの初体験を承諾してくれたあと、梓はいったん自室に戻り、大急ぎであれこれと支度をしてきた。さすがに浣腸《かんちょう》をするのは時間的に無理だったが、ウエットティッシュでしっかりと肛門を拭いて、準備は整えた。

「それじゃあ始めるけど、俺、こっちの経験ないから、なにか間違ってたら遠慮なく言ってほしい。梓がイヤなことは、絶対にしたくないんだ」

すでに全裸になった和馬の言葉に、梓はまるで少女みたいに胸を高鳴らせる。

（ああ、やっぱり和馬さん、優しい……。この人なら、私の恥ずかしい秘密、全部曝《さら》け出せそう……）

覚悟を決めた梓は、自ら緋袴を捲《まく》りあげた。先程、穿《は》きかえてきたばかりのショーツが露《あらわ》になる。手持ちの中で、一番大人っぽいものだ。

「おお……！」

（あっ、和馬さんのオチ×チン、びくんって跳ねた。私のパンツで興奮してくれてるんだ）

肩越しに、恋人になったばかりの男のイチモツを見つめる。ネットで見る画像と違い、やはり本物の迫力は凄《すさ》まじい。たまに山で見かける蛇の頭部を思わせる形状は恐ろしくもあり、愛《いと》おしくもあった。

（おっきい……太い……それに、形も怖い……ああ、あれが私のお尻に、アヌスに入るのね……あっ）

ショーツ越しにヒップが撫でられた。優しく、慈しむように触れられるたびに、くすぐったさと気持ちよさとが同時に生じる。

「ん……はっ……んぅ……ん……あっ……はぁ」

「凄く綺麗だよ、梓」

「やぁん……恥ずかしいですぅ……はあ……ああ……っ」

そして、そっとショーツが下ろされた。初めて秘所を見られる羞恥に全身が強張《こわば》る。

「ああ、これが梓の……！」

「やだ、恥ずかしいです……あんっ」

三十一年間、誰にも見せたことのない女陰と裏穴を晒した直後、再び尻が撫でられた。ダイレクトに指が肌を這うたびに、ぞくぞくとしたものが全身を駆けめぐる。

（か、軽く触られてるだけなのに、気持ちイイ……お尻が勝手に揺れちゃう……エッチな声が出ちゃう……ああ、これ、絶対に濡れてる……ぅ）

見なくとも、己の媚唇が愛液で湿りはじめたのがはっきりとわかった。それだけならまだしも、アヌスがひくつき出すのも感じる。

「どっちも凄く綺麗だ、梓」

和馬が先程とほぼ同じセリフを繰り返す。ただ、どっちも、という言葉の意味に気づき、処女巫女は恥ずかしさに目を瞑《つぶ》る。

（み、見られちゃった……お尻をひくひくさせたところ、和馬さんに、絶対に見られちゃったぁ……！）

和馬の視線を意識したせいで、さらに菊穴が蠢く。日常的にこちらの穴をいじり、オナニーに耽っていた影響だ。

「うひゃうン!?」

梓がとつぜん声をあげ、身体を仰《の》け反らせたのは、陰唇に甘い刺激が加わったせいだ。和馬がクンニリングスを始めたのだと気づいたときにはもう、熱くて分厚い舌が肉貝の狭間《はざま》を這いまわっていた。

「ひゃっ、あっ、んあっ、あああぁ！　やん、ダメ、ああ、和馬さん、そこ、そこ、舐めたらダメぇぇ！　ひィン！」

アヌスに気を取られていた梓にとって、生まれて初めての口唇奉仕の快感は筆舌に尽くしがたいものがあった。ダメ、と口では言っているものの、もちろん、それは本心ではない。

（き、気持ちイイ、気持ちイイ、オマ×コ舐められるの、こんなに気持ちイイの!?　知らない、私、こんなに気持ちイイの、初めてぇ！）

それは和馬にも伝わっているのだろう、舌はさらに加速し、処女の粘膜を這いまわる。

「はひっ、ひんっ、ひっ、イヤ……和馬、さっ……ああっ、ダメです、ダメなんですよぉ……ああっ、あああっ……うひッ!?」

舌に加え、指も女陰をまさぐってきた。肉ビラが広げられ、鮮やかなサーモンピンクの膣前庭が舐めまわされる。優しく包皮を剝《む》かれたクリトリスが、たっぷりと唾液をまぶした指で転がされる。そして浅ましく蠢く膣穴に、とがらせた舌先が潜りこむ。

「あああぁ！　ああっ、あっ、ダメ、そんな、そんなぁ……ひっ、ひんっ、凄っ、凄いぃ……ああっ、待っ、あっ、イヤ、イヤ、和馬さん、ちょっと待って……ひっ、ひっ、ひゃあああァッ！」

自慰とは比較にならない愉悦の連続に、処女はあっさりと流された。四つん這いのまま尻を大きく跳ねあげ、クンニアクメを迎える。

「イク……イキます……イク……ッ」

視界が真っ白になるほどの悦楽だった。が、その余韻に浸る余裕を与えてもらえない。無事に恋人を絶頂させられたことで自信を得たのか、和馬が間髪を容《い》れず、今夜のメインターゲットであるアヌスに矛先を向けてきたせいだ。

「ふひっ⁉　ひあっ⁉　あっ、そこはいいです、しなくていいですからぁ！　汚いです、あっ、はあああぁっ‼」

アナルセックスは承諾されたとはいえ、まさか舐めてもらえるとは思っていなかった梓にとって、和馬のこの行為は驚きであり、そして喜びでもあった。

（う、嘘《うそ》、本当に舐めてもらってる……お尻なのに……和馬さんが私のお尻の穴を舐めてる……ぺろぺろしてる……ああ、恥ずかしい……でも、凄く嬉しい……アアッ）

身体の中で最も不浄な場所を、好きな男の唇と舌で清められ、愛《め》でられる恥ずかしさと嬉しさに、嬌声が止まらない。

「はひっ、んあっ、はっ、はあぁっ！　ああん、んっ、そんな、あっ、お尻、お尻らのにぃ……ふひっ、んうぅっ、あっ、んっ、ああんっ！」

皺の一本一本を丁寧になぞるように舌が這い、勝手に開きはじめた窄まりの奥まで舐められる。処女にとってそれは究極の羞恥であり、至福でもあった。

「らめぇ……お尻、そんなに舐められたら、私、わたひぃ……」

どれだけアナルクンニをされただろうか、和馬がようやく尻から顔を上げたときにはもう、梓の全身は汗でびっしょりだった。

「このくらいほぐせば大丈夫か？　もっとしたほうがいいのか？」

「じゅ、充分ですよぉ……」

「そうか。じゃあ、次はこれを塗ればいいんだな？」

和馬はローションを自分の勃起に、続いて梓のアヌスにもたっぷりと塗布する。

「んふんっ」

ふだん自分で使うときと違い、これだけでもかなりの快感があった。

（今でもこんなに凄いのに、オチ×チン挿《い》れられたら私、どうなっちゃうの……？）

そしてついに、その瞬間が訪れた。

（これ、大丈夫、なんだよな？　裂けたりしない、よな？）

アナルセックスの経験など皆無の和馬は、肛門に先端をあてがうと、慎重に、慎重に腰を押し進めていった。梓が少しでも痛がったりイヤがったときは即座に引き抜くつもりでいたが、それは杞憂《きゆう》に終わった。

「はっ、はっ、はあっ、はっ、はあっ、はああぁ……っ！」

梓が息を吐くたびにアヌスが広がり、男根を呑みこんでいく。たっぷりと舐めてほぐしたうえで大量のローションを塗布した効果もあるだろうが、一番の理由は、この狭穴が明らかに異物の挿入に慣れていたことだ。

（おお、一気に入った！）

最も太いエラが突破したあとは、驚くくらいすんなりと挿入できた。

「アアアッ！」

根元までペニスが埋まった刹那、梓が甲高い声を響かせる。苦痛でも悲鳴でもない、女の、随喜の喘《あえ》ぎだった。

「入ったよ、梓」

「は、はい……ああ、嬉しい……和馬さんと繋がれましたぁ……んんっ」

四つん這いのまま、梓がこちらに振り向く。瞳を潤ませている涙は痛みや悲しさではなく、喜びによるものだろう。

「大丈夫か？　苦しくないか？」

「平気、です……ああん、凄い……指とは全然違うぅ……あっ」

自分の失言に気づいて慌てて顔を伏せるが、むろんもう遅い。

「なるほど。やっぱりそうだったか。梓はいつも、自分の指でここ、いじってたんだな？」

「…………」

梓は枕に顔を埋め、無反応を貫く。しかし、その沈黙こそがなによりの答えだった。

「隠す必要はないだろ？　オナニーなんて誰だってする。俺だって、しょっちゅうやってるし。やっぱり、指を使うのか？」

せっかくだから、梓の口からアナルオナニーの詳細を聞き出そうと、和馬はピストンを始める前に質問を続ける。

「……し、知りませんっ」

直腸がきゅうっと締まった。

「道具は使わないのか？」

「ど、道具なんて使いませんっ！」

「つまり、ふだんは指だけ？」

「し、し、知りませんっ！　アアッ」

さらに強く窄まったのを肯定と受け取った和馬はここで卑猥で意地悪な質問を切りあげ、抽送を開始した。肉棒を包むアヌスの心地よさに、我慢ができなくなったせいだ。

（アヌスって、こんなにキツいのか……！　マ×コと感触が全然違うっ）

蠢く媚粘膜に包まれるのが膣だとするならば、滑らかな穴に強烈に締めつけられるのがアヌスだった。もっとも、肛交の経験がない和馬には、これが普通なのか、梓が特別なのか、判断がつかない。わかるのは、

「ううっ、す、凄い……なんだ、これ……っ」

通常のセックスでは味わえない、極上の快感ということだ。膣道に比べると引っかかりがあまり感じられないが、締めつけが強いため、刺激が薄いわけではない。むしろ滑らかなぶん、未知の愉悦があった。

「ふっ、んっ、くっ……ふひっ、ふっ、ふうっ、ふっ、あふっ……！」

一方の梓も、再び枕に顔を埋めて懸命に声を隠しているが、快楽を得ているのは確

実だ。直腸の締めつけ、びくびくと震える白い尻、そして枕だけでは隠しきれない甘い女の声がその証《あかし》だ。

(これなら、もっと激しくしても平気そうだな)

和馬はピストンのギアを一段上げた。ただ速くするのではなく、突く角度やリズムを変え、梓の反応を観察する。歳下の美しい女を己のテクニックで蕩《とろ》けさせたい、そんな中年男の幼稚な願望だった。

「はっ、ふっ、ンンン! あっ、んあっ、ふううぅっ! ふひんっ!?」

(お? これか? これがイイのか?)

そうして見つけたのは、突くときは強く深くで、引くときは焦らすくらいにゆっくりにする責めだった。

(アヌスと排便の快感は似てるって、なんかで見たことあったな。それか?)

梓の反応に自信を得た和馬は、ここで強気の行動に出た。梓が抱えていた枕をやや強引に奪い取ったのだ。

「あっ……!」

「俺、梓の可愛い声を聞きたいんだ」

狼狽《うろた》える梓に覆い被さり、真っ赤な耳たぶを甘噛《あまが》みしながら囁《ささや》く。

「ダメ、は、恥ずかしいです……うひン！」

羞じらう処女に加虐心を煽《あお》られた和馬はここでひときわ強く裏穴を抉り、そしてじっくりと、焦らすように腰を引いていく。

「はっ、ほっ、はうぅ！　それ、ダメ……ダメ、なんですぅ……あああっ、浮いちゃう……お尻、勝手に浮いちゃうのぉ……あひぃっ！」

亀頭が抜けそうになるぎりぎりのところから、再び深々とアヌスを抉る。自分の下でがくがくと痙攣する美しい巫女の艶めかしさに、和馬はますます滾《たぎ》る。

「お尻で感じてる梓、エロくて可愛いぞ」

反対側の耳を舐めて意識を逸らしつつ、ずっと気になっていたバストにも手を伸ばす。

「んっ……やっ……んんん……っ」

白衣越しに揉んでみても、梓は拒まない。ならばと、合わせ目から手を侵入させてブラをずらし、ダイレクトに乳房に触れる。手のひらにずしりと感じる重みと柔らかさ、温かさに、牡《おす》の欲が増大する。

「梓……っ」

「ああっ、あうっ、んっ、ダメ……イヤ、おっぱい、恥ずかしっ……アアッ」

弱々しく首を左右に振る羞じらいの反応に、ペニスが腸内で跳ねる。想像以上にたわわなバストを揉みしだく手が止まらない。先端でぷくりととがった乳首を人さし指と中指で軽く挟んでしごくたびに、甲高い嬌声があがる。

「なんで？　こんなに大きくて素敵なおっぱいなのに？」

「だ、だって……あうぅっ、先っぽ、硬くなっててぇ……ひぃっ！」

先端突起をいじるたびに、巫女の肢体が跳ねる。どうやらそうとうに鋭敏らしい。梓のそんな敏感な反応をもっと見たくて、和馬は執拗《しつよう》に胸を揉み、乳首を嬲《なぶ》る。もちろん、この間も抽送は止めず、アヌスを抉りつづける。

「くあっ、ああん、はっ、はっ、はあぁっ！　お尻と、おっぱい、両方なんてぇ……アッ、アッ、アァーッ！」

同時責めはかなり効果的だったか、梓の表情と声に余裕がない。全身には汗の珠《たま》が浮かび、甘く蠱惑《こわく》的な匂いが和馬の鼻腔《びこう》をくすぐる。なにより、括約筋による肉棒への締めつけが凄まじい。

「ま、待ってくだひゃっ、あっ、これ、これダメになりまひゅ、あひっ、ダメ、あっ、少し、休まへてぇ……はあああぁっ！」

（なんてぇエロい声で喘ぐんだよ……それにこの表情、色っぽすぎる……こんな処女

の巫女さん相手に、止まれるものかっ）

まるで女を知らなかった十代に戻ったような興奮に、手も腰も止まらない。汗ばんだ豊乳を荒々しく揉みしだき、完全に性器と化した排泄腔《はいせつこう》を貫き、さらにはうなじに歯を立て、梓を狂乱させる。

「ふっ、くっ、くひっ、もっ、もう、ホントにダメ、ダメえぇっ！　イク、イッちゃうんです、ダメなのに、イキます……ッ」

梓の口から飛び出した「イク」という単語に、和馬のギアがさらに上がった。絶頂が近づいた女を前に、滾らない男がいるはずがない。

「いいよ、イッて。いや、イクんだ。梓の可愛いアクメ顔を俺に見せてくれ」

「ひんっ!?　そ、そんなの、ダメ、です……あっ、あっ、見ないれっ、私のスケベなイキ顔、見ないでくだひゃい……っ」

和馬の言葉で羞恥が甦《よみがえ》ったのか、梓はこれ以上ないほどに赤くした顔をシーツに押しつけて隠す。だが、好きな女の蕩けきった顔を見逃すわけにはいかないと、和馬は梓の両手首を握ると、強引に上体を引っ張りあげた。

「ダメだ。俺、梓の全部を見たい。知りたい。好きになった女の子の一番エロくてだらしなくて可愛い顔を見たいんだ」

「ああ、ずるい、ずるい、ずるいですぅ！　そんなふうに言われたら、言われたらぁ……あひっ！」

和馬のセリフに肉体のみならず心まで愛でられた巫女が、恥ずかしさに加え、嬉しさで全身の肌を赤らめる。

「おっさんは、スケベでずるい生き物なんだよ。……おおっ!?　さっきよりも締まる……!?」

顔を隠させないためにとっさに梓の腕を引っ張って上半身を浮かせたが、挿入が深まるという副産物も得られた。膣と異なり行き止まりがないせいか、結合感が強く、深い。

（こ、この体位、ヤバい……！）

また、視覚による興奮も凄まじかった。腰まで捲りあげた緋袴、乱れた白衣、ピストンに合わせて揺れる長い黒髪、ローションでぐちょぐちょになった肛門、そのすべてがエロティックで、和馬を漲らせる。

「ふひっ、ひっ、ひんっ、ひぃぃン！　ふ、深いんですぅ！　アアァ、お尻、お尻が熱いのっ、オナニーと全然違うのぉ！　ひいいぃんん!!」

神聖さの象徴たる巫女をバックから、それもアヌスを犯している背徳感に、四十一歳の中年男は猛々《たけだけ》しい牡獣と化す。もはや梓を気遣う余裕などほとんど消し飛び、ただただ、己の欲望をぶつけ、発散させることしか考えられなかった。

「くっ、ふっ、ああっ、ダメ、あっ、イク……イク、イック……ああっ！」

そしてついに、梓が肛悦を迎えた。ただでさえ狭い菊門がさらに窄まり、男根を締めつける。だが、和馬の腰は止まらない。膣以上の収縮を見せるアヌスを力任せに穿《うが》ち、アクメの真っ最中の処女巫女を責め立てる。

「イッた、イキまひたぁ！　お尻、イッたんれす、あっ、あっ、待って、待ってくだひゃっ、はひっ、ひぃぃィーッ！」

涙を浮かべ、ぶんぶんと顔を振りたくる梓の痴態に、和馬にもいよいよ限界が近づく。

「梓、出すぞ……アヌスに中出しするからな……！」

「は、はひっ！　くださいっ、梓のお尻に、和馬さんのお精子、いっぱい、いっぱいください……アアッ！　また、また来る、イッちゃう……！」

梓が二度目の絶頂の到来を告げた刹那、和馬もピストンをトップギアに入れた。精を放ちたい、好きな女に注ぎたいという、牡《おす》の本能に任せて腰をぶつけ、巫女の裏門を突き、抉り、ほじる。

「ぐっ、うっ、ぐうぅっ！　出る……イクぞ、梓ぁ……オオオォッ！」

根元まで勃起をねじこみ、一気に欲望の塊を放出する。本来は排泄するための器官に、灼熱《しゃくねつ》の白濁マグマを発射する興奮に、和馬は声が抑えられなかった。

（中に出してるっ……梓のケツ穴に……処女の巫女のアヌスに、中年男のザーメンを注ぎこんでる……！）

罪悪感、背徳感、征服感、解放感が入り混じる中での射精は、間違いなく四十一年間の人生で最高の快感だった。それどころか、

「やっ、やら、イク、イク、イクイク、またイク、イキます……あぁ、熱いぃ……お尻、溶けますッ……らめ、アヌスでイク、イッグぅ……！」

尻をびくびくと跳ねあげ、自分のザーメンでアナルアクメに身悶える美しい巫女を見下ろしながら、今、この瞬間こそが己の人生での最高到達点なのではと思わずにはいられなかった。

第二章　美少女メイドの処女喪失

　和馬の人生の最高到達点は、日々更新されていた。つまり、毎日が信じられないくらいに幸福だったのだ。

（人生、なにが起きるかわからんもんだなぁ。まさか四十を超えて、こんな可愛い歳下の彼女ができるなんて妄想すらしなかった。……あ、いや、妄想くらいはしたか）

　若く美しい巫女と恋仲になった幸運を嚙みしめる一方で、この先になにか落とし穴があるのでは、と警戒する気持ちも募る。素直に我が世の春を味わうには、四十一歳の人生経験は少しばかり豊富すぎた。

（気を緩めるなよ、俺。これまでの人生を思い出すんだ。いいことがずっと続いたか。続かなかっただろ？　絶対になにか揺り戻しがあるに決まってる）

　過去のつらく苦い思い出をあれこれと脳裏に甦らせながら、境内の隅にある倉庫を掃除していたそのとき、電話が鳴った。姪である文倉月乃《ふみくらつきの》からだった。

「おう、どうした、月乃。珍しいな、いつもはメッセなのに」

『年寄り……いえ、人生経験だけは豊富なおじさんに、ちょっと進路について相談がありまして』

「お前は相変わらず俺に対しては容赦なく毒を吐くな。まあ、今さらだからかまわんが。……で、なんについての相談なんだ？」

持っていた箒《ほうき》を立てかけ、いったん蔵の外に出た。十一月の風の冷たさに、冬の気配を感じる。

『おじさん、今、O市に住んでるんですよね？』

以前住んでいたアパートを引き払った旨は、姉夫婦や月乃にも知らせてあった。ただし、ここが神社で、梓と同居している点はまだ伝えていない。

「ああ、そうだけど」

『わたしの第一志望が、そこの近くにあるんです』

和馬でも名前くらいは知っている、有名な名門女子高だった。

『ママたちも、わたしが行きたいなら受けてもいいって許してくれたんですけど、家からだとちょっと遠いんです。一人暮らしは絶対ダメって言われましたし』

「寮はないのか？」

『あります。でも、わたしがイヤなんです。学校だけならまだしも、プライベートでも他人といっしょなんて無理』

「まあ、お前には厳しいだろうなぁ」

月乃は明るく利発で社交的な娘だが、複雑な家庭環境で育ったせいか、周囲に必要以上に気を使うところがある。それは生来の優しさによるものだが、まだ十五歳の少女には負担が重く、これまで何度も心を病みかけた過去を持つ。

『ですよね？　寮暮らしなんてしたら、絶対にわたし、またおじさんのカウンセリング受けることになっちゃいます』

そして、そんな月乃の心のケアを担当したのが和馬だった。もっとも、愚痴を聞いたり、バカ話をしたり、たまにいっしょに遊びに行ったりしただけだから、和馬は特に負担と思ったことはない。

「俺は別にかまわんけどな」

『ふふふ、そうですね。わたしみたいな可愛い現役ＪＣと合法的にデートできますものね、おじさん。あ、そのときは現役ＪＫになってますが』

「二度とつき合わんぞ」

『あ、嘘、嘘です、ごめんなさい。おじさんに見捨てられたら、わたし、ホントに頼れる人いなくなっちゃいます』

ここで「親がいるだろ」とは、和馬は絶対に口にしない。月乃は両親とは仲がいいが、だからといってなんでもかんでも話せるわけではないからだ。仲のいい家族であるがゆえに、相談できない悩みも存在する。

「別に見捨てたりはしないけどな。……え。まさかお前、ここに下宿するつもりなのか？」

『はい。だって調べたら、お部屋いっぱいありそうでしたし』

ネットで住所を検索して、航空写真で広い神社だと確認したのだと自慢げに言われた。

『大丈夫です。家賃も食費も出しますし。とうぜん、家事もやります。おじさんだって、わたしがいたほうが寂しくないですよね？』

どうやら和馬が一人暮らしだと思っているらしい。

（いや、梓と同居してることを説明しなかった俺が悪いんだけども！　ど、どうする？）

数十秒ほど悩んだ結果、和馬は正直に、梓と同居している事実を姪に白状した。

（なぜ……なぜこうなった……）

月乃に事情を伝えた数日後の日曜、上呼神社に三人の来客があった。残念ながら参拝客ではなく、文倉一家だった。

「へえ、和馬がねえ。こんな若くて綺麗な巫女さんとねえ……あの和馬がねえ……」

「や、やめて、姉さん。マジやめて」

「おじさんの分際で……こんな若くて綺麗な巫女さんと……おじさんのくせに……生意気です……っ」

「お前もやめろ、月乃。マジやめろ」

初めて梓と対面した姉はにやにやと、姪は妙にイライラとした顔で和馬を見る。義兄は「ごめん」という顔で、茶を啜《すす》っている。

（くっ、予想どおりの展開……！）

和馬とすれば姉一家の訪問は断固として拒絶したかったのだが、

『私はかまいませんよ。和馬さんのお姉さんなら、ぜひ、ご挨拶したいですし』

梓が妙に乗り気だったため、今回の事態となった。

「うちは部屋だけは余ってますし、下宿はいいんですけれど……大丈夫ですか、こんな古い神社で。確かに学校には近いでしょうが、このまわりにはコンビニもなにもないですよ？　若い女の子には面白くない環境かと」

「わたしは全然平気です。ネットさえあればどうとでもなりますし、学校の近所にはいろいろお店ありましたから」

ここに来る前に高校の下見もしてきたらしい月乃が答える。

「姉さんたちはそれでいいの？」

和馬の質問に、姉と義兄は同時に頷く。

「うちの娘に寮生活は無理だしねえ」

「この子には僕たちのせいでいろいろと苦労させたし、少しくらいのわがままは聞いてやりたいんだ。どうせ、一度言い出したら、もう親の言葉なんて聞かないしね」

文倉夫妻は再婚同士で、月乃は義兄の連れ子だ。血の繋がらない母とどう接していいかわからず、月乃は聞き分けのいい子供を演じつづけた。が、思春期、反抗期の少女にとってそのストレスは凄まじく、どこかでガス抜きをする必要があった。その役目を担ったのが、和馬だったのだ。

「んふふふ」

両親のセリフに、月乃が照れくさそうに笑う。

「いや、なに照れてんだ。姉さんも義兄《にい》さんも、別に褒めてないぞ？」

「わかってます。でも、ママもパパも、ちゃんとわたしのことを理解してくれてて、嬉しいなって」

「ああ、そういう意味ね」

「その点、おじさんはわたしに対する理解度が低いですよね。来年の春以降はずっとずっといっしょに暮らすんですし、ちゃんとしてくれませんと」

ずっと、の部分を、なぜかやたらと協調している。

「なぜ上から目線。そして、まだ下宿の許可出してないし、そもそも入試という最大の難関があるだろ」

呆れながら言いつつも、和馬はこの姪が合格するだろうと確信していた。月乃は頭がよく、粘り強く、努力家で、かつ、要領がいい子だと、叔父である和馬はよく知っていたのだ。

「では、月乃ちゃんのためのお部屋、用意しておきますね。うふふ、来年の春からは賑《にぎ》やかになりそうで、楽しみです」

(梓がいいなら、俺は反対する理由はないな。もうちょっと二人きりの生活を楽しみたかった気もするが、まあ、そのくらいは我慢しよう)

この日の初顔合わせは、文倉家の三人に境内を案内したところで時間切れとなった。

「えー、もう帰るんですか？　わたし、もっと梓さんとお話ししたかったんですけど。将来のため、いろいろ聞いておきたかったですし」

「おいこら、受験生、ガキみたいに駄々をこねるな」

滞在時間は二時間もなかったにもかかわらず、月乃は梓にすっかり懐いていた。外面がいいので誰とでもある程度は仲よくなれる月乃だが、梓に対する態度は、本心からのものに見えた。

(性格的には真逆っぽいんだけどなぁ。いや、だから合うのか？)

この調子なら下宿が始まってもうまくやっていけそうだと内心で安堵した和馬だったが、一つだけ、気がかりな点があった。

「梓、どうした、浮かない顔して。月乃がウザくて疲れたか？」

「違います。月乃ちゃんは妹みたいで可愛いです。ただ……」

「……なにか、見えたんだな？」

「……はい」

梓が見たビジョンの内容を詳細に聞き出した和馬は、懸命に考える。

(月乃たち家族が三人、炎に包まれる……火事か？　いや、義兄さんはスーツ、月乃は制服って梓は言った。自宅だと私服の可能性が高い。それに、三人が狭い空間にいたという。……車内？　交通事故？）

帰りの支度を始めた義兄に近づき、さりげなく聞いてみる。

「スーツ？　ああ、確かに僕が着るのは珍しいよね。ふだんは会社の作業着だし。スーツ着たのなんて、いつ以来だろ？」

同じように姉にも探りを入れてみたところ、こうして家族三人で出かけることはたまにあるが、義兄がスーツ、月乃が制服を着るケースはまずなさそうだった。

（来春の月乃の卒業式もありうるが、今日、これからなにかが起きるって可能性が高い、か……）

和馬は梓の力に疑いを持っていない。しかし、姉一家に信じさせるのは極めて困難だ。

「……姉さんと義兄さんにお願いがあるんだけど、いいかな？」

和馬のお願いは、いくつかの成果を上げた。最大のものは、もちろん交通事故を回避できたことだ。前方でふらふらしていたトラックを見た瞬間、

「ブレーキ！」

和馬が大声で叫んだおかげで、ぎりぎり、本当にぎりぎりのタイミングで接触を避けられた。何台も巻きこむ事故そのものは防げなかったものの、不幸中の幸いで軽傷者が数名のみで済んだ。

「おじさん、これ、なんなんですか？　わたしたちがいくら話しかけても上の空で、ずっとまわりばっかり見てましたよね？　あれ、絶対になにか起きるって知ってたからですよね？」

文倉家の三人は何度も謝意を述べたあと、すぐに和馬に対する追及を始めた。かなり強引に同乗させてもらったうえ、車中でも挙動不審だった自覚はあるので、言い訳は諦め、

「信じてもらえないかもしれないが……」

と、前置きしたあと、正直に理由を説明した。自分が変人と思われるのはかまわないが、梓を悪く言われたらどうしようという心配は、杞憂に終わった。

「アンタが会社辞めたのも、梓ちゃんの神託のおかげなの？」

「神託……かは知らないけど、うん、そうだよ。不祥事が判明する寸前だったおかげで、退職金も無事に満額もらえたんで、あの神社を購入したんだ」

まさに神懸かり的な事故回避の直後に、和馬が最高のタイミングで退職した理由も

聞かされた文倉家は、即座に上呼神社へと引き返した。そして、その場で梓に礼を述べると同時に、氏子にしてほしいと申し出た。

「え？　え？　いいんですか？　こんなぼろぼろの神社ですよ？　巫女しかいない神社なんですよ？」

梓は喜びよりも、驚きが勝っているようだ。予知能力を気味悪がられることはあっても、感謝された経験がほとんどないためだ。

（これが、梓が自分の力を少しでも好きになるきっかけになればいいな）

その能力と優しさゆえに一人でずっと悩み苦しんできた巫女の照れ笑いを見つめながら、和馬は梓の明るい未来を願うのだった。


年が明け、新年度となった四月。春の明るい日差しのなか、和馬は小型の重機に乗って境内の修繕作業を行っていた。

「これ、めちゃくちゃ楽じゃん。免許取得したかいがあった……！」

人力だった以前と比べ、圧倒的に効率が違う。荒れ放題だったスペースをちゃんとした駐車場にする計画も、この調子ならば間もなく終わりそうだ。

「義兄さんに、いや、氏子さんに感謝だな、うん」

昨年末の交通事故回避で上呼神社の氏子となった姉一家だが、今年の二月にも、再び梓のビジョンで不幸の回避に成功していた。

「ミニショベルカー、マジ楽しい」

工務店を経営する義兄が現場での労災事故を未然に防げた礼にと、ただ同然の価格で譲ってくれたのがこの小型重機だった。けっこうな額の寄付金も追加で入った。

（まあ、あれは、娘をよろしくって意味もあるんだろうけれど）

重機よりも一足早く神社にやってきたのは、無事に名門女子高に合格した姪の月乃だ。中学の卒業式が終わった翌日には引っ越し、一カ月経《た》った今はすっかりここでの生活に馴染《なじ》んでいた。

（いや、馴染みすぎだろ、あれは。馴染まないよりはいいけどさ）

性格がまるで違う三十一歳の巫女と来月で十六歳になる女子高生は、和馬の不安をよそに、驚くくらいに仲よくなった。それも、梓の恋人である和馬が姪に少し嫉妬するレベルで、だ。

（つたく、夜になっても月乃が梓につきまとうから、なかなか俺がいちゃつけないじゃないか）

もっとも、月乃はよくも悪くも周囲の空気を読む、あるいは読めてしまう性格なので、週に二回か三回かは、ちゃんと梓と二人きりの時間は確保できた。相変わらず梓との行為はアナルセックスのみだが、そこに不満はない。むしろ、

（普通のセックスしたそうなんだよなぁ、梓）

梓のほうに、不満が感じられた。通常の性行為ができないとはいえ、前戯は行う。膣に指先くらいは挿れるし、クンニリングスもじっくりとやる。すると梓は何度もアクメに達するのだが、そのたびにもの言いたげな目で見つめられるのだ。

（毎度あんなエロっちい顔されたら、俺、そのうち暴走しちまうぞ？）

もしかしたら梓は、自分に無理やり処女を奪ってほしいと思っているのかも、と考えないではない。だが万が一勘違いで、処女でなくなったせいで梓が予知能力を失ったら……と想像すると、とてもではないが、軽はずみな行動はできない。

「もうしばらくは、現状維持でいいよな、うん」

自分を納得させるようにつぶやきながら荒れ地を黙々と慣らしていると、

「おじさん、ただいま帰りました」

「ああ、お帰り、月乃」

まだ真新しい制服を着た月乃がやってきた。歴史ある名門女子高のシックな制服を纏った姪の姿に、四十一歳の胸が高鳴る。

（な、なんでドキドキしてんだ、俺は。姪っ子相手に）

己の反応に焦りつつも、態度には出さない。少なくとも、和馬は平静さを保っているつもりだった。

「あー、今、ドキッとしました？　ふふっ、わたしの制服姿、そんなに似合ってます？　可愛いです？　姪に惚れちゃいます？」

しかし、子供の頃から大人の顔色ばかり窺っていた影響か、妙に勘の鋭い月乃は、あっさりと和馬の演技を見抜く。

「バカを言うな。ちょっと前まではランドセル背負ってたやつに、どうして惚れるんだ」

「え、逆ですよね？　昔のわたしを知ってるからこそ、その変化の大きさにドキッとしちゃうんじゃないんです？」

「変化が大きかろうがなんだろうが、姪に惚れる叔父がいるもんか」

「でもわたしとおじさん、血は繋がってませんよ？　わたし、パパの連れ子ですし」

「血の繋がりは関係ない」

「ありますよお。……よいしょっと」

ここでとつぜん、月乃がミニショベルカーに乗りこんできた。このミニ建機は、サイズ的には子供の遊具に近い。狭いシートなのでとうぜん、もう一人が座るスペースなどない。

「おい、なにしてんだ」

月乃が腰を下ろしたのは、和馬の脚のあいだだった。

「山道を登ってきて疲れましたし。それともおじさんは、か弱い女の子を立たせたま ま、自分だけのうのうと座ってて平気なんです？　ほら、もっと股、広げてください。狭いです。お歳を召すと、股関節も硬くなるんですか？」

「くっ、何様だ、お前」

文句を言いながらも、和馬は脚を左右に開き、なんとか月乃が座れるスペースを空けてやる。

「懐かしいですね。昔はよくこうして、おじさんに抱っこしてもらいましたっけ」

「俺は、全然昔って感じはないけどな。ほんの数年前までやってたわけだし」

「でも、わたしが中学生になってからは、一度もしてもらってませんよ？」

「普通の女子中学生は、中年の叔父にそんなまねされたらイヤがるだろ」

「わたしは平気です。ほらほら、女子高生を合意のうえに抱っこできるチャンスなんて貴重ですから、恥ずかしがらずにたっぷり味わっちゃったほうがお得ですよ？」

月乃は身体を後ろに倒し、和馬に寄りかかってくる。掘り起こしたばかりの土の匂いに混じって甘い香りが漂い、またもドキリとしてしまう。

(梓とは別のシャンプー使ってるんだな。……って、なに姪の匂いを嗅いでんだ、俺は！　変態か！)

慌てて首を横に振るが、鼻腔の奥に残った香りは追い出せない。

「話を戻しますね」

「なんの話だったっけ？」

「歳取ると記憶力が減衰するのはホントなんですね。……おじさんが、血の繋がってない可愛い女子高生の姪に惚れてるって話をしてたんです」

「物忘れがたまにあるのは否定しないが、話は捏造《ねつぞう》するなよ！」

月乃のとんでもない発言に、思わず大きな声が出た。

「慌てるのが逆に疑念を深めます」

「おっさんをからかってなにが楽しいんだ……」

「いちいち反応が可愛いのが悪いんです。……真面目な話、別にいいと思うんです、血が繋がってようがいまいが。だってわたし、普通にママが好きですし」

「……そうか」

再婚直後、互いにぎくしゃくしていた月乃と姉の親子関係をずっと見つづけてきた和馬には、この発言は感慨深いものがあった。

「おじさんのことも好きですよ？」

「ああ、ありがとな」

姪からの嬉しい言葉に、思わず顔がにやけてしまう。

「おじさんとしてはもちろん、男の人としても好きですよ？」

「ああ、ありがとな………………え？」

姪からのとつぜんの告白に、緩んだばかりの頬が一瞬にして強張る。

「い、今、なんつった……？」

なにかの聞き間違いだろうと、恐るおそる尋ねる。しかし、月乃はすぐには答えない。代わりに、もぞもぞと強引に身体を反転させ、和馬と向き合う格好になる。

「わたし、おじさんが好きです。大好きです。ずっとずっと、好きだったんですよ？ わたしの初恋相手、おじさんですし」

いつもみたいにからかわれているのでは、とは考えなかった。なぜなら、月乃の顔はびっくりするほどに真っ赤で、これまで見たことがないくらいに真剣な表情をしていたためだ。

「なっ……!?」

「梓さんとつき合ってるのは知ってます。でも、おじさんを好きになったのは、わたしのほうがずっとずっと先です」

潤んだ瞳が、じっとこちらを見つめている。

「だ、だけど俺とお前は」

「関係ないです。わたしが欲しいものは絶対に手に入れるまで諦めない、目的のためには手段を選ばない性格なのは、おじさんが一番よく知ってますよね?」

そう言って月乃は、微笑を浮かべる。それは叔父である和馬も初めて見る、妖しく、艶めかしい、一人の女の顔だった。

和馬が姪からとつぜんの告白をされて半月が経った。年がいもなく動揺した和馬に対し、月乃に変わった様子はない。下手にほじくり返すわけにもいかず、和馬は、なにごともなかったように振る舞うほかはなかった。

(やっぱりあれは冗談だったのか? 俺をからかっただけなのか?)

そんななか、月乃の十六回目の誕生日を迎えた。和馬は梓に相談し、ささやかながら誕生日会を開いた。和馬や梓からプレゼントをもらって喜ぶ月乃はふだんどおりに見える一方で、なにか引っかかるものも感じる。

（今日の月乃、妙にテンション高くないか？　怪しいな）

和馬が月乃の叔父となって約八年。一般的な叔父と姪に比べると、そうとうに長い時間をともに過ごしてきたのは間違いない。母と姉を別にすれば、過去の恋人を押し退け、和馬が人生で最も長く接した女性とも言える。

（こういうときの月乃は、なにかよからぬことをやってるんだ。三年前だったか、呪《のろ》いのチョコを食わされたときもこんな感じだったっけ）

月乃が行動を起こしたのは、デザートのケーキを食べ終わり、誕生日会もそろそろお開きになろうかとしたそのときだ。

「お二人に発表したいことがあります。ちょっと待っててくださいね、準備してきますので」

そう言って自分の部屋に向かった月乃は、十分足らずで居間に戻ってきた。

「なっ……！」

「えっ!?」

勢いよく開けられた障子の向こうに立っていた少女を見て、和馬と梓は同時に驚きの声をあげる。

「お待たせしました、ご主人様っ」

そこにいたのは、紺と白を基調としたエプロンドレスに身を包んだ、美少女メイドだったからだ。喫茶店のウエートレスをさらに可愛く進化させたような感じだな、というのが和馬の第一印象だった。

「本日よりわたし、文倉月乃は、和馬おじさん専属のメイドになります！」

ふんわりと柔らかそうなショートヘアを愛らしく彩る純白のカチューシャ。一目でわかるほど上質な生地で仕立てられたメイド服のスカート丈は、十六歳になったばかりの若さを見せつけるかのごとく短く、膝や太腿《ふともも》の白さが眩《まぶ》しい。

「ど……どういうことだ、月乃？」

ようやく絞り出せた声は、自分でも驚くくらいに掠《かす》れていた。それほどの衝撃だったのだ。一発芸にしては手がこみすぎている。

「どうって、今、宣言したとおりですよ？　わたし、おじさんのメイドになりますので」

「俺、まったくの初耳なんだが!?」

「この計画はトップシークレットだったので、とうぜんです」

「な、なにを考えてんだ、お前」

「ずっとずっと考えてましたよ？　もう、何年も前から」

月乃は真剣な表情で和馬を見つめている。そのまっすぐな瞳を見て、この利発な姪が悪ふざけなどではなく、本気で言っているのだと和馬は理解した。

「先日告白しましたとおり、わたしの初恋相手はおじさん、ご主人様です」

「こ、告白!?　月乃ちゃん、和馬さんのことが好きだったの!?」

月乃のセリフに、呆然《ぼうぜん》としていた梓が我に返る。

「はい。もちろんお二人の交際は承知してますし、邪魔をするつもりもありません。どうかご安心ください」

「えっ。で、でも月乃ちゃんは、和馬さんが好き、なんだよね？」

ここで安堵するのではなく、月乃に対して申し訳なさを先に覚えてしまうのが、梓らしい。

「はい。……ここでわたしを気遣ってくれるなんて、やっぱり梓さんはいい人ですね。さすが、ご主人様が選び、ご主人様に惚れた方です。お人好し同士、お似合いです」

月乃もまた、和馬と同じことを感じたらしい。

「もしかして、私のせいで月乃ちゃんは自分の気持ちを諦めようと……」

「あ、違います、違います。そこはご安心ください。梓さんがご主人様に相応《ふさわ》しくない女性だった場合は、ありとあらゆる手段を講じて別れさせるつもりでしたけどね」

月乃はにっこりと微笑みながら、物騒な言葉を吐く。笑顔が愛くるしいぶん、妙な迫力があった。

「わたし、子供の頃から家族のごたごたをずっと見てきたせいで、あんまり婚姻とかに興味が持てないんです。それにほら、わたしたちって叔父と姪じゃないですか。血は繋がってなくても、書類とか手続きとか面倒かなとも思いまして」

「えっと……つまり？」

月乃の真意がつかめないのだろう、梓が困惑顔で首を傾げる。和馬もまったく同じ気持ちだった。

「つまりですね、わたしはおじさんの側にいられれば、それで満足なんです。老人になったおじさんの死に水を取るのが、わたしの将来の夢ですし」

「嬉しいけど、縁起でもないな!?」

そこまで慕ってくれるのは嬉しい反面、少々重すぎる愛に、複雑な気持ちにさせられる。

「あ、結婚願望はなくても、おじさんの恋人になりたいって気持ちはありますよ？すっごくありますよ？　でもほら、今はもう梓さんがいますので、月乃は愛人ポジションで、ぜひ」

「そ、それなら」

梓が、少しほっとしたように息を吐く。

「待て、なに納得しかけてんだ、梓っ。落ち着け。月乃は今、とんでもねぇこと言ってるんだぞ!?」

「とんでもなくないです。わたしは現実的なお話をしてるつもりです」

「メイドのどこが現実的なんだよっ」

「極めて現実的な判断の結果です。ただの姪がいつまでもおじさんといっしょに暮らしてたら、周囲はどう思います？　無駄に常識人のおじさんは間違いなく、気にしますよね？　しかしメイドならば、主《あるじ》の側で仕えるのが普通です。自然です」

月乃はぐっと胸を張り、堂々と言いきった。

「現代日本でメイドを雇うご家庭のどこが普通で自然だっ」

「家事代行サービスの一種と思えば、特に珍しい職業ではありません。昔で言うところの、住みこみの家政婦さんです。そこの雇い主が家政婦さんに手を出して妾にしちゃったパターンの現代版と考えれば、わかりやすいですか？」

「言いたいことはわかる。わかるが、その説明で俺が納得すると本気で思ってるか、お前」

「はい、もちろんです」

月乃は一点の曇りもない目をまっすぐこちちに向けながら、力強く頷いた。この姪が冗談ではなく、本気なのがわかる。わかるからこそ、和馬は困った。

(こいつ、偏差値七十以上の進学校に通ってるんだよな？　頭、いいんだよな？　いや、頭がよすぎると、逆におかしくなるのか？)

凡人の中年男には、秀才の女子高生の思考が理解できなかった。理解したいとも思えなかったが。

「そんな、本気で頭を抱えないでください。まるで、わたしがおかしなこと言ってるみたいじゃないですか。……でも、そうですね、確かに性急である点は認めます。なので、おじさんも梓さんも、まずはわたしをテストしてください」

「テスト？」

和馬と梓の声がハモる。

「梓さんはおじさんの本妻として、わたしと共存できるかを確認してください。本妻と愛人の仲が悪いと、問題ですから」

「それ以前の問題だろっ」

「おじさんは、メイドの月乃をちゃんと見ててください。仕事ぶりや態度で、わたしの本気を確認してもらいたいんです。……わたし、大真面目ですよ？」

月乃は再び、和馬をじっと見つめた。ふだんは飄々《ひょうひょう》としているぶん、たまに見せる真剣な態度の破壊力が大きい。

「私は、いいと思います。その……同じ男性を好きになった者同士、なんというか気持ちはわかるし、仲間ができて嬉しい気持ちもあります。もちろん、和馬さんを取られちゃうかもって不安もなくはないですけど」

「そこはわたしを信用してもらうしかないですね。梓さんからおじさんを寝取るつもりがないことを、今後の行動で証明するつもりでいます」

混乱したままの和馬をよそに、巫女とメイドだけで話が進んでいく。この流れだと、とんでもなく奇妙で非常識で背徳的な三角関係が発生するのは、火を見るよりも明らかだ。

(俺には梓がいるってのに、そこに月乃が……いくら血が繋がってないとはいえ、姪っ子だぞ⁉ 今日、十六になったばかりの娘だぞ⁉ こんなの許されるわけが……)

四十一年間の人生で熟成された良識がブレーキを踏もうとしたそのとき、月乃がすっと立ちあがった。まるで和馬の理性をはぐらかすような、絶妙のタイミングだった。

「そうそう、忘れてました。これはおじさんに……ご主人様に見せたくて、ずっと練習してたやつです。ふふっ」

月乃はその場でくるりと綺麗に一回転をした。そのあと、スカートの裾をつまんで持ちあげて脚を交差させると、優雅にお辞儀を見せる。

「これはメイドの嗜《たしな》み、メイドターンと、カーテシーと呼ばれるものです。……今後はメイドとして誠心誠意お仕えし、ご奉仕いたしますね、ご主人様」

「……！」

いつの間にか美しく成長していた姪の微笑に見惚《みと》れてしまっていた自分に気づき、和馬は激しく動揺するのだった。

大型連休が終わり、気温と湿度がじわじわと上がりはじめた五月の中旬になっても、月乃にメイドをやめる気配はなかった。むしろ日に日にメイドらしさが板につき、それに比例して和馬の困惑も増しつづけている。

「ご主人様、おはようございます。さあ、とっとと起きてください。それとも、可愛いメイドの目覚めのキスがご所望ですか？」

朝は必ず部屋までやってきて、和馬を起こす。

「ご主人様、今朝は和食にしてみましたけど、いかがです？　美味しいです？　あーんします？」

梓と二人だけのときは和馬が作っていた料理も、月乃が担当することが増えた。

「愛妻弁当ならぬ愛メイド弁当、いかがでした？」

昼食用に作ってもらった弁当を食べていると、必ずメッセージが届く。

「ただいま帰りました、ご主人様。今夜はさっぱりと豚しゃぶにしますね」

学校から帰るとすぐに制服をメイド服に着がえ、夕食の支度を始める。

（まさかここまで徹底するとは……。いや、月乃はそういう娘だったな。凝り性で頑固で、そして一途《いちず》なやつだったっけ）

見事な手際で夕食の支度を終えた月乃は浴室と脱衣所をのぞき、

「あ。ご主人様、またお風呂も洗濯もやっちゃったんですね。全部わたしがするって言ってるじゃないですか」

唇をとがらせ、和馬に文句をぶつけてくる。月乃としては、家事はすべて自分がやりたいらしい。

「それくらいやるっての。一人暮らしのベテランを舐めるなよ、新米メイド」

「わたしだってパパがママと再婚するまでは、家事のほとんどをやってたんですけど。

簡単な料理しかできないご主人様といっしょにしないでくれます？　だいたいご主人様の家事って、全体的に雑なんですよね」

月乃は肩をすくめると、これ見よがしに大きな息を吐く。

「料理は茶色だし、皿洗いはちゃんと乾燥させてないし、お風呂の掃除も甘いし、洗濯物はちゃんと分別してないし、畳み方も手抜きですすし」

「ぐっ……し、仕事で忙しいと、最低限の家事でいいやって気になるんだよっ」

「でも、梓さんはちゃんとやってたんですよね？　ね？」

ここで月乃は、先程派遣の仕事から戻ってきたばかりの梓に話を振った。

「え？　私？　私はほら、週の半分くらいしか働きに行ってないんで、フルタイムの和馬さんとは比較にならないわ」

以前の梓に比べ、ぴしっとして見えるのは、見事にアイロンをかけられたスーツのおかげだろう。これをやったのも月乃だ。

「だけど梓さんは毎日、巫女のお仕事がありますよね？　ご主人様のはただの手抜きです。横着です。歳取るといろいろと億劫《おっくう》になると聞きますし」

「お前、仮にもメイドならば、もうちょっとこう、主に対する敬意をだな……」

「なるほど、なるほど。ご主人様はそっち系がお好みなのですね。いいですよ、おしとやかで従順で押しに弱いメイドさんに切りかえます？　エッチなご奉仕を命じられても逆らえないようなのがご所望とあらば」

「えっ」

着がえるために自室に向かおうとした梓が月乃の発言を聞いて足を止め、不安げに和馬を振り返る。

「ち、違うっ。誤解を招く発言すんなよ、月乃っ」

「もちろん、冗談です。すでに美人で大人で清楚で巨乳でしかも巫女という反則レベルの大和撫子《やまとなでしこ》の梓さんがいるんです、わざわざそれの劣化バージョンにする理由がありません」

「つ、月乃ちゃんは私を過大評価しすぎだよっ」

赤面した梓が、慌てて首を横に振る。

「しかも、この謙虚さ。わたしとは全然違います。でも、それでいいと思ってます。わたしはわたしのまま、ご主人様に好きになってもらいたいですし」

まっすぐな告白に、今度は和馬の顔が熱くなった。

「月乃ちゃん……」

「そんな顔しないでください。大丈夫、梓さんからご主人様奪ったりしません。わたし、梓さんも好きなんです。こんな素敵なお姉さんがいたらいいなって、ずっと思ってたんですよ？」

月乃はとたとたと梓に駆け寄ると、自分より十五も歳上の相手に抱きつく。

「なのであんまり心配しないで大丈夫ですよ。それより、早く着がえてきてください、梓さん。晩ご飯、三人いっしょに食べましょう」


五月が終わりに近づく頃になると、上呼神社内におけるメイドの存在感はさらに増していた。当初は遠慮がちだった梓もすっかり月乃に家事を任せるようになり、また、二人はこれまで以上に仲よくなっていた。

「月乃ちゃんのお弁当が美味しいせいで、最近、勤務先でお昼休みが待ち遠しいんです」

「こないだの日曜、梓さんといっしょにお買い物してきたんです。ご主人様が好きそうな下着も選んだんですよ？」

「つ、月乃ちゃん、そんなこと言っちゃダメよっ」

「いいじゃないですか、どうせすぐ見せちゃうんですよね？」

「そ、それは……」

現在の梓と月乃は、和馬には少し歳の離れた姉妹や友人に見えた。梓にも月乃にも親しい同性の友人が必要だと考えていた和馬にしてみれば、これは歓迎すべき状況だ。

(ちょっとだけ、寂しい気持ちもなくはないけどな)

深夜、自室でPCに向かっていた和馬は、キーボードをたたく手を止め、改めて現在の状況に思いをめぐらす。

(残る問題は、月乃だ。あいつ、ちょこちょこ俺に好きとか言ってくるし)

身贔屓《みびいき》を抜きにしても、月乃は間違いなく魅力的な美少女だ。もしも和馬が親戚でなく、あと二十年若ければ、月乃に夢中になっていただろう。そんな少女に、ことあるごとに好意を伝えられるのは、正直、そうとうに嬉しい。

(それに、俺には梓がいる。彼女を裏切るまねは絶対にできない)

梓との関係は、いい意味で現状維持だ。さすがに月乃が下宿する以前みたいに毎晩同衾《どうきん》するのは無理にせよ、週に二回ほどは肌を重ね合っている。

(毎朝月乃が起こしに来るから、エッチしたあと、そのまま寝るわけにはいかないってところが不満だが、贅沢《ぜいたく》すぎる悩みだな)

和馬と梓の関係は月乃も百も承知だ。とはいえ、十六歳になったばかりの高校生に、全裸で抱き合って寝ている姿を見せるわけにはいかない。

(しかも俺たちのセックスは、一般的にはアブノーマルなやつだし)

昨晩の梓との甘く淫らな肛交が脳裏に甦ったが、和馬は頭を左右に振って邪念を追い出す。

「いかんいかん、集中しろ、俺」

少し前に月乃が持ってきてくれたコーヒーを飲み、目の前のモニターに意識を戻す。

今、和馬が作っているのは、上呼神社の再建計画だった。

(境内の施設に関しては、最低限の修繕の目処《めど》が立った。あとは、どうやって氏子さんと参拝客を確保するか、だよな……)

すっかり梓の信者と化した義兄の援助もあり、境内はだいぶ見られるものになった。

もちろん、最大の功労者は一人でこつこつとこの神社を守りつづけた梓だ。

「アクセスもよくないし、なにかこう、目立つ名物が欲しいよなぁ……」

そうつぶやいた直後、部屋の襖がすっと開かれ、エプロンドレス姿の姪が現れた。

「なるほど、ご主人様はこの神社で一儲《ひともう》けしたいわけですね」

「うおうっ、びっくりした！　声くらいかけろよな、月乃」

「声をかけたら、ご主人様の驚く間抜け顔を見られないじゃないですか。……はい、コーヒーのおかわりですよ」

「お前、絶対にメイド向きじゃないぞ、その性格。……ありがとな」

驚きで大きな声をあげてしまった照れ隠しにコーヒーを啜りながら、姪メイドを睨《にら》んでやる。

「研修中に教わりましたが、こういうメイドの需要もあるみたいですよ？　メイドに罵られるとぞくぞくするご主人様もいるそうで。ご主人様も罵られたい派ですか？」

「冗談はよせ。俺にそんな趣味はない。……研修？　メイドの？」

「あれ、言いませんでしたっけ？　わたし、メイドになるため、ちゃんと日本《にほん》メイド協会《きょうかい》の公式な研修受けてたんですよ。主にオンラインで」

「メイド協会……研修……オンライン……」

普通の人生を送ってきた和馬の常識では、なかなか理解が追いつかない。

「研修時にご主人様を籠絡《ろうらく》する計画も伝えてありましたので、先輩方からあれこれと有益なアドバイスもいただけました」

「ろ、籠絡って」

「わたし何度も言いましたよね、ご主人様の側にずっといたいって。子供の頃からずっとずっとあなたが好きだったたって」

畳の上に正坐《せいざ》をしたまま、月乃がずりずりこちらに近づいてきた。いつもとは違う香りに、心拍数が上昇する。

「ね、どうですか、この香り。梓さんといっしょに選んだ香水なんです」

月乃が後ろ髪を軽くかきあげた。より濃くなった蠱惑的なパフュームと妙に艶めかしい姪のうなじに、和馬の鼓動はさらに激しさを増す。柔らかそうな髪を飾るカチューシャすらも、どこか悩ましい。

「い、いい匂いだと思うぞ。ただ、ちょっと強すぎないか？」

「ううん、これくらいでいいんです。どうせ、ご主人様に嗅がせるためだけにつけたんですし」

互いの身体が軽く触れ合う距離にまで、月乃がさらに近づく。

「前々から思ってたんですけど……ご主人様、実はメイド、嫌いじゃないです？　巫女さんも好きみたいだから、コスプレ自体が好きなんですかね？」

「……巫女さんやメイドさんが嫌いな男など、いない」

悩んだすえ、正直に答えた。下手にごまかしても、勘の鋭いこの姪には通じないと思ったためだ。

「つまり、ご主人様は梓さんもわたしも好きなんですね。ふふっ」

今度は和馬の正面にまわりこんだ月乃が、目を細めて笑う。十六歳とは思えないいくらいに艶めかしい表情に加え、いつもより開いた襟元からのぞく胸の谷間に、四十一歳の中年は慌てて顔を横に背ける。

「飛躍しすぎだ、バカ」

「じゃあ、嫌いです？」

「……お前は、可愛い姪っ子だ」

「女としてどうかって聞いてるんです。まあ、態度でばればれですけどねー。ご主人様、実は恋愛経験、わたしとあんまり変わらない感じです？」

和馬の頬を両手で挟んだ月乃が、強引に自分のほうへと向ける。

「痛っ！……俺がモテる男に見えたか？」

「ご主人様のよさは、長くつき合わないとわからないタイプです。一見《いちげん》さんお断りみたいなやつです。それを考えると、梓さんは凄いです。短期間でちゃんとご主人様の魅力に気づいたんですから。合格です」

「ずいぶんと上から目線だな。お前は俺のなんなんだ。保護者か」

「そんなこともわからないんです？　わたしはあなたの姪で、メイドで、これから恋人になる女ですよ？」

軽く睨まれたと思った直後、月乃の顔が急に目の前に迫ってきた。そして、唇になにか柔らかなものが触れたかと思うと、また再び月乃の顔が遠ざかる。

「ふふっ、キス、されちゃいました。ご主人様に月乃のファーストキス、強引に奪われちゃいました……っ」

余裕たっぷりに見えた姪の顔が一瞬にして真っ赤になっていた。先程までさんざん和馬をからかっていたときとは打って変わり、視線が落ち着きなくあちこちを動きまわる。

「お、お前……なに、してんだよ。大切な初めてをこんなおっさん相手に……」

「そ、それはわたしのセリフですけど？　ご主人様には逆らえない、立場の弱い美少女メイドの唇を無理やり奪ったくせに」

照れのせいか、ふだんに比べて憎まれ口のキレも悪い。代わりに、愛らしさの上昇度が凄まじい。

（くっ、な、なんだ、月乃がめちゃくちゃ可愛く見える!?　いや、元々こいつは可愛かったけども！　これがメイド服の魔力なのか!?）

和馬にとって十六歳の少女など、異性の範疇《はんちゅう》に入らない。しかも月乃は血が繋がらないとはいえ、姪っ子だ。しかし月乃は家庭の事情で苦労を重ね、年齢に比べて精神的にはかなり大人びている。さらに、

「ね、ご主人様、気づいてます？　わたし、またここ、おっきくなったんですよ？梓さんには全然敵《かな》いませんが、少なくとも、昔みたいなぺったんこじゃないです」

肉体的な成長も著しかった。本人にも自覚があるのだろう、月乃は露骨に胸を和馬に押し当てるように抱きついてきた。

「ちょっ、やめろ、なに押し当ててんだ。なにしがみついてんだ」

「なにって、おっぱいです。ちなみに、メイド服の下はなにも着けてません。つまり、ノーブラです。ちょっと捲れば、すぐに処女ＪＫのナマ乳、ナマ乳首が拝めます。チャンスタイムです」

キス直後はあれほど動揺していた月乃だが、自分と同じかそれ以上に狼狽える歳上の大人を見たせいか、落ち着きが戻りつつある。

（ヤバい、この状況は極めてヤバい！　主に俺の理性がっ！）

まだまだ子供だと勝手に思っていた姪が、いつの間にか美しく成長していたことが、和馬の中の男を刺激した。メイドになるという突飛な行動も、月乃が女だと意識させるには大きな役割を果たした。とどめが、

（あああ、柔らかいものが胸に当たってる！　むにゅむにゅしてる！　やたらといい匂いがするっ！）

キスからの抱擁による、直接的なアピールだった。先程のノーブラ発言も相まって、和馬の中で急速に理性が削られ、代わりに肉欲が台頭してくる。

（落ち着け、俺！　相手は姪っ子！　十六になったばかりのガキだ！　それに、俺には梓がいる！）

理性を呼び戻そうと目を瞑ったのは、失策だった。視界を閉ざしたせいで逆に、密着する女体を知覚してしまう。恋人の巫女とは異なる感触や香りが、まだまだ枯れるには程遠い四十一歳の牡を煽る。

「ふふっ、ご主人様の興奮してる顔、初めて見ました。いろいろ細工したかいがありましたね」

慌てて瞼を開けると、じっとこちらを見つめる月乃と目が合った。濡れた瞳、紅潮した頰、荒い鼻息、そのすべてが、月乃の興奮と期待を示していた。

「細工って……お前、まさかさっきのコーヒーになにか盛ったのか!?」

「盛ってませんよ。やろうかな、と考えたことは否定しませんけど」

「考えたのかよっ」

「でも、やってません。だって、大事な初体験ですよ？　そんなものに頼らず、ご主人様の意志で押し倒して、犯して、処女を奪ってもらいたかったんです」

露骨なセリフを口にしつつ、月乃が身体を預けてきた。とつぜんのことに和馬は二人分の体重を支えきれず、畳に背中をつく。

「俺のほうがお前に押し倒されてるんだが？」

「似たようなもんです、気にしないでください」

「全然違うっ。……なあ、とつぜんどうしたんだよ。なにかあったのか？」

和馬がそう聞いた瞬間、月乃の様子が一変した。

「とつぜん？　なにを言ってるんです。毎日毎日アピールしてるのに、いっこうにエッチな命令もしない、夜這いにも来ない、夜伽《よとぎ》にも呼ばないご主人様に、わたしがどれだけ焦れてたか、わかってないんです？」

呆れと怒りの入り混じった顔のメイドが、まなじりを決する。

「我慢も限界を迎えたので、こうして夜伽ご奉仕に来たわけです。……さあ、お互いの気持ちは確認できました。あとはもう、既成事実を積みあげていくだけですね、ご主人様」

月乃は唇をれろりと舐めて、妖しく微笑む。

「お、俺はまだ、お前の気持ちを受け入れるとは」

「往生際が悪いですね。とっとと観念してください。言っておきますが、万が一わたしを拒んだ場合、パパにあることないこと報告しますよ？」

「な……っ」

まさかの、けれど極めて効果的な脅しだった。

「せっかく獲得した金蔓《かねづる》……じゃない、財布……でもない、熱心な氏子さんを失ってもいいんです？　ご主人様は梓さんのため、この神社を再建したいんですよね？　大事な恋人の力になりたくないんですか？」

「お前、実の父親を金蔓とかほざいたな!?」

「ほらほら、巫女さんが本妻で、女子高生メイドが愛人だなんて、中年男性にとってはまさに夢みたいなシチュじゃないです？　この機会を逃したら一生後悔しますよ、絶対に。今だけですよ、こんな大チャンス」

いつの間にか完全に和馬に馬乗りになった月乃が、ぐいぐいと自分を売りこんでくる。腹に座った美少女メイドに迫られるという未曾有の経験に、和馬の思考能力がごりごりと削られていく。

(ここまで想われ、迫られてるのに、無下に拒んでいいのか？　いや、拒むべきだってのはわかってるんだがっ)

優位になった欲望が眼球を動かし、視線を月乃の下半身へと向ける。ただでさえ短いスカートは軽く捲れ、真っ白な太腿の大部分が露出していた。

「メイドにとって夜伽は大事な仕事なんです。わたしは仕事ができて満足、ご主人様も大事な氏子を失わずに済む。お互いにとってお得だと思いません？」

月乃はここで、上着のボタンを外しはじめた。それを見た和馬の脳裏に、先程のノーブラ発言がよぎる。

「見たいですか？　でも、ダメです。この先も見たかったら、ご自分でどうぞ」

しかし、月乃は途中で指を止める。胸の谷間の大部分は見えているが、大事な先端突起は隠れたままだ。自分が安堵したのか、残念がっているのか、和馬自身もわからない。

「早めの決断がオススメです。わたし、実はモテるんです。ご主人様がもたもたしてると、可愛い姪っ子の処女、どこかの馬の骨に奪われちゃうかもしれませんよ？　そうそう、最近も他校の男子に告白されたばかりですし……え？」

（あ、あれ？　どうしてわたし、天井を見てるんです？　さっきまでご主人様に跨《また》がってはずなのに？）

歴史を感じさせる社務所の天井に続いて、叔父の真剣な顔が視界に入った瞬間、月乃は己になにが起きたのかを察した。すなわち、和馬に押し倒されたのだと。

「ご主人様、ようやくその気になったんですね。なるほど、可愛い可愛い姪っ子の処女は誰にも譲れない、と」

「ああ、そうだ。そのとおりだ。こんな綺麗に育ったお前を他の男に抱かせるくらいなら、俺が奪ってやる」

「……っ！」

和馬の表情も口調も、これまでとは明らかに異なっていた。それは月乃が初めて見る、叔父の男の、牡の顔だった。

（おじさん、本気です……あっ、抱かれる……犯される……わたし、ついにおじさんの、ご主人様に女にしてもらえます……！）

恐怖よりも歓喜が勝った。エプロンドレスに包まれた肢体がぶるりと震え、下腹部に甘い痺《しび》れと熱が生じる。かろうじて上着に隠れていた乳首がむくむくと膨らむのを感じる。

「今さらイヤだなんだと騒いでも無駄だからな。男を侮るとどんな目に遭うか、大人として、叔父として、たっぷりと思い知らせてやる」

（嘘ばっかり。そんなこと言っておいて、わたしが泣いて謝ったらすぐにやめちゃう

くせに）

どんなに恥ずかしくても痛くても、絶対に我慢しようと改めて心に誓う。

「はい、生意気で世間知らずなメイドに、いっぱい教育的指導をしてくださいませ、ご主人様……ああっ！」

最初に和馬に狙われたのは胸だった。完全に上着をはだけられ、乳房が剝き出しになる。Bカップの慎ましくも美しい稜線《りょうせん》がぷるんと震えながら現れた。

「ん……っ」

両腕は自由なので、隠すこともできた。が、月乃は唇を噛み、軽く顔を逸らして羞恥に堪える。

（は、恥ずかしいですっ。でも……ご主人様に見られたい……わたしのおっぱい、初めて見せるのはあなただって、ずっと決めてたんですから……！）

「綺麗だぞ、月乃。凄く、綺麗だ」

「あ、ありがとうございます……ひゃうっ！」

発育途上の膨らみを褒められた嬉しさの直後、今度は肉体的な悦《よろこ》びに襲われた。左の胸を、和馬が撫ではじめたのだ。無骨な手が優しく乙女の肌を這うたびに、未知の快感が全身を駆けめぐる。

「あっ、んっ、あっ、ご主人様……それ、ダメ……くすぐった……はあぁ！」

「くすぐったい？　気持ちイイの間違いだろ？」

「ひんっ！　ああっ、あふっ、んんん……はっ、んっ、んあぁっ！」

月乃の反応を見て、和馬は両手で双《ふた》つの乳房を同時に揉みはじめた。手のひら全体で、まだ硬さの残る芯をほぐすかのようなタッチだ。

（気持ち、イイ……自分で触るのと、全然違います……ああ、凄い……おっぱいが溶けちゃいそう……）

最初は避けていた先端にも、徐々に責めが加えられてきた。乳輪に沿ってなぞられたあとで、すっかり勃起したとがりに触れられたときには、思わず大きな喘ぎ声が漏れてしまった。

「胸は小振りだが、乳首はなかなか育ってるな」

「ひゃんっ！　あっ、あっ、イヤっ、先っちょ、そんなにつんつんされたらぁ……アアッ、ダメ、乳首、いじめちゃダメなんですぅ！　ひぃん！」

一度でも快感を認め、嬌声をあげたあとは、愉悦は増すばかりだった。和馬の愛撫は丁寧かつソフトであったが、処女の身には充分な刺激が休みなく襲ってくる。

「イヤならやめるか？　俺はいつでもやめられるぞ？」

（さっき、わたしに思い知らせるとか言ったくせにぃ……ご主人様の意地悪ぅ……でも、もっと意地悪されたいかもぉ……あぁぁ!?）

指で嬲られ、完全勃起させられた乳首に、新たな責めが加えられた。和馬が、しこりきった突起を口に含み、舌で転がしてきたのだ。

「ひうぅッ！　あひっ、ひんっ、ダメ、乳首、感じちゃいます……アーッ！」

細身の女体が仰け反るが、それは和馬に胸を突き出す格好でもあった。いよいよ本気を出しはじめた中年男はここぞとばかりに舌をくねらせ、はしたなくとがった乳首を舐め、吸い、転がしてくる。

「はっ、んんっ、んあっ、くひっ、ひっ、ひあああぁっ！」

舌粘膜による刺激は、指での刺激とはまさに別次元だった。緩急をつけた口唇愛撫に、男を知らない十六歳はされるがままとなる。

（す、凄い、凄く気持ちイイ……アア、嘘、これ、おかしくなります、おっぱいだけで、先っちょだけでイキそうです……ッ）

オナニーでもじっくりと時間をかけないと絶頂できない月乃にしてみれば、胸だけでここまで高まるのは、まさに驚きだった。和馬の巧みなペッティングは、少女の想定を大きくうわまわっていた。

「あっ、ダメ……ダメ……んっ……ンンンン……ッ」

そして軽く乳首に歯を立てられた刹那、月乃は早くも浅いオルガスムスを迎えてしまう。

(ホントにイッちゃった……乳首だけで……えっ!?)

甘い余韻に浸る余裕は与えられなかった。姪を乳首アクメに追い立てた叔父が間髪を容れず、次のターゲットへの責めを開始したためだ。

「あっ、ご主人様、待ってくださっ、あぁぁ!」

スカートの中に手が潜ったかと思ったときにはもう、指が秘裂に触れていた。

「本当になにも着けてないんだな。それに、めちゃくちゃ濡れてるじゃないか」

和馬が、少し驚いたように目を見開く。

「い、言わないでくださいっ!」

女陰をまさぐられるのもとうぜん恥ずかしいが、それ以上に、愛液で濡らしていた事実を指摘されるのはもっとつらかった。

(だってだってしかたないじゃないですかっ。ずっと大好きだった人と初めて結ばれるかもって思ったら! 女の子だってエッチしたいんです! おっぱいあんなにいじめられたら、濡れるに決まってるじゃないですか、ご主人様のバカぁ!)

言葉に出さなかったのは、口を開いたら、淫らな声が漏れてしまうからだ。早くも蠢きはじめた和馬の指により、甘美な疼きが次々と送りこまれてくる。うっすらと開いた陰唇の合わせ目をまさぐられるたびに、たまらない快感が走る。

「はっ、んんっ、あっ……ンンン……ッ」

月乃は自らの指を噛み、嬌声を押し殺す。しかし、美少女のそんな反応は牡を昂らせる効果しかない。和馬は右手で股ぐらをいじりながら、同時に、左手で乳房への愛撫をしてきた。

（ずるい、です……あそことおっぱい、いっしょにいじめるとか、ご主人様、極悪ですよぉ……処女の姪っ子相手に、大人げなさすぎです……！）

憎らしいくらいに巧みな責めに、閉じていた股が勝手に開き、腰が左右に揺れ出す。指で優しくまさぐられた秘口からは次々と秘蜜が溢れ、くちゅくちゅと淫らな水音を立てる。

「はっ、はっ、んっ、はっ、はあっ、あっ……イヤ……ご主人様、音、立てたらイヤぁ……んあんっ！」

新たに分泌された淫汁をローション代わりに、和馬の指はどんどん激しく動き、処女の粘膜を蕩かしてくる。包皮越しにクリトリスを転がされるたびに腰がびくびくと跳ねあがるのを、月乃は自分の意志では止められなかった。

(そこ、そこはダメなんです、女の子の一番弱いところなんですぅ！)

強い快楽に、月乃は無意識に和馬の前腕を握りしめ、首を何度も横に振る。だが、和馬はかまわずに姪メイドを容赦なく責めつづけてくる。

「あっ、あっ、待って、待って……ダメ、ホントに、また、また来ちゃいます、月乃、イッちゃいますよお！」

大きな瞳に涙を浮かべ、アクメの到来に脅える美少女を前に、愛撫を緩める男などいるわけがない。和馬は待つどころか、さらに激しく月乃を嬲る。

(イク、イク、イック……イキます、月乃、またイク……イク……ッ！)

声にならない声をあげ、大きく腰を浮かせたまま、月乃は早くも二度目の悦に達するのだった。

(意外に冷静だな、俺)

押し入れから出した布団を敷き、コンドームを取り出しながら、和馬は心の中でつぶやく。

(いや、違うな。冷静だったら、姪を抱こうなんて思うわけがない。これは興奮す

ぎて、理性が麻痺《まひ》してるだけだ)

先程布団に寝かせた半裸の姪を横目で見つつ、和馬は服を脱ぎ捨てていく。月乃もまた叔父の身体を、股間でそそり勃《た》つペニスをじっと見つめている。

「あとでいくら罵っても、殴ってもいいぞ。それくらい酷《ひど》いことを、俺はお前にするんだからな」

形のよい乳房と股間の意外に濃厚な繁みを晒したメイドに、和馬は覆い被さる。細い脚を左右に開き、ひくひくと蠢く濡れ穴に亀頭を向ける。

「ええ、ご主人様はホントに酷い人です」

じろり、と睨まれた。

「わかってる。俺は可愛い姪を犯す、最低な男だ」

「違います。ご主人様が大事な手順を二つも手抜きしてるのに対して、わたしは怒ってるんです」

「大事な手順？　二つ？」

「わからないとか言ったら、本気で怒ります。泣きます。喚《わめ》きます。罵ります。殴ります。呪います。……んっ」

一つは、すぐにわかった。目を瞑った月乃が、これ見よがしに顎を持ちあげ、キスをねだってきたためだ。

「そうだな。確かに大事なことを忘れてた。すまん。……俺も、お前が好きだぞ、月乃」

「えっ？……んん……んんんん……！」

初めて好きと告げると同時に、和馬は姪に唇を重ねた。月乃にとってはこれがまだ二度目なので、舌は挿れず、優しいキスにとどめる。代わりに、続けて軽いキスを数回繰り返す。

「俺からはキスしてなかったもんな。……で、もう一つは、なんだ？　悪いが、教えてくれ」

「いい、その必要はありません。だって、もう、してもらいました。……好きって、言ってもらえました……！」

月乃の目に、みるみるうちに涙が溢れてきた。これが嬉し涙であるのは、さすがに和馬にもわかる。月乃がしてもらいたかったのはキスと告白なのだと、どちらも済ませたあとで気づく。

「そっか。悪かったな、遅くなって」

自分みたいな中年男の告白にここまで喜んでくれる少女への愛しさに、和馬は改めて姪への想いを強くする。

「行くぞ、月乃」

「はい、ご主人様……あっ……んうッ」

まだ十六歳の穢れなき狭洞に切っ先をあてがい、位置と角度を決める。月乃はびくんと身体を強張らせたが、和馬は気づかなかったふりをして、そのまま腰を進めた。下手に長引かせると、よけいに怖がらせると判断したためだ。

(すまない、月乃……っ)

心の中で謝りながら、可愛い姪を貫く。和馬にとっても初めて経験する処女穴は驚くほどに狭かったが、心を鬼にして一気に純潔を奪った。

「アアアッ！　くっ、うっ、んううゥッ！」

強烈に押し返してくる蜜壷《みつつぼ》に抗《あらが》うように月乃にのしかかり、ペニスが馴染むのをじっと待つ。苦悶《くもん》に震える月乃の華奢《きゃしゃ》な女体を抱きしめ、優しく髪を撫で、頬にキスを繰り返す。

「はっ、はっ、はーっ、はーっ、はっ、はーっ、はあああぁ……！」

凶悪な肉棒を受け入れるため、月乃は幾度も息を吐く。無意識だろう、和馬の背中にまわされた両手が、がりがりと爪を立てている。

「ご主人様……キス……キスしてください……っ」

涙目のメイドに要望に、即座に応える。

「んっ……ちゅ……むちゅ……くちゅ……」

痛みを紛らわせるためか、月乃は舌を伸ばしてきた。和馬は唇を開き、優しく受け入れる。どう動かしていいのかわからない十六歳の舌を丁寧に吸い、舐め、絡めていると、月乃に変化が起きた。

「ン……ン……んふン……ふっ、んっ、んんん……っ」

苦悶の表情が和らぎ、苦しげだった鼻息も落ち着く。和馬の背中を引っかいていた手は、今は撫でる動きに変わっていた。

「ぷはぁ……ご主人様ぁ……」

長いディープキスを終えた直後の月乃の顔は、驚くくらいに艶めかしかった。

「もう、大丈夫です。だから……」

「……わかった」

姪の健気さに心を打たれた和馬は、ついにピストンを開始した。むろん、いきなり激しく動いたりはしない。ちょっとでも月乃がつらそうだったら、またすぐに腰を止めるつもりだった。

「あっ……はっ……ああ……っ」

しかし、月乃の様子はそれほど変わらない。目を瞑り、小刻みに息を吐く表情には、若干の余裕も感じられた。

「どうだ、まだ痛むか？」

「ん……ちょっと、だけ……あっ……んっ……なんかこれ……気持ちよくなってきた、かもぉ……あっ……んん……あふんっ」

月乃の反応を見ながら、腰の動きをいろいろと試してみる。

（浅いところはまだ痛むけど、奥は平気っぽいな）

ならばと、怒張を根元まで挿入した状態で、小刻みに腰を振る。同時に胸や乳首への愛撫と、軽いキスをしてみた。

「はっ、あっ、ご主人、様ぁ……ああ……ンン……あっ、そ、そこぉ……奥のほう、もっとぉ……おっぱいも、もっとしてください……ひゃんっ」

月乃の漏らす声に、甘みが混じりはじめた。唇を重ねるだけのキスでは物足りないとばかりに舌を伸ばし、小さな乳首を限界までしこらせ、開通したばかりの膣道を窄ませ、全身で自分を受け入れようとする姪に、男心が鷲《わし》づかみにされる。

「月乃、月乃……！」

「ご主人様、ああ、好きです、大好き、ご主人様ぁ……!!」

気づけば、和馬のピストンはだいぶ激しくなっていた。だが、月乃に痛がるそぶりはない。むしろ膣奥を小突かれ、乳房を揉まれ、唇と舌を奪われるたびに、甘い女の声を発しはじめている。

(さすがに初めてで、いきなりイクってのは無理だろうが……)

自分のフィニッシュが近いことを察した和馬は軽く上体を起こし、はだけたエプロンドレスからのぞく乳房と、捲れたスカートの奥に見える秘所に手を伸ばした。乳首とクリトリスという、勃起しきった女の急所を同時に嬲る狙いだ。

「ご、ご主人様、なにを……あひっ!? あっ、あっ……あああっ!」

前戯の時点で強めの刺激が好みらしいとわかっていた和馬は、乳首と陰核を激しくしごいた。同時に抽送も加速させ、破瓜《はか》直後の姪メイドを責め立てる。

「あひっ、ひあっ、んひんっ!? あっ、ダメ、ダメ、それはっ、あっ、ご主人様、あっ、あーっ、あっ、あぁーっ!!」

月乃に痛がる様子はないと見た和馬は一気にトップギアに上げ、牡欲のままに蜜壺を抉った。浅ましく勃起した乳首と牝《めす》の豆をいじるたびに媚襞が窄まるのがはっきりとわかる。

「月乃、イクぞ、月乃……ッ」

ゴムがなければ、あるいはとっくに暴発していたかもしれないほどの、凄まじい締めつけだ。

「は、はひっ、来て、来てください、ご主人様っ！　あっ、あっ、イヤ、激しっ……ダメ、ダメ、乳首とクリ、そんなにされたら、月乃は、月乃はぁ……アーッ！」

「くあッ!?」

勃起乳首をねじり、肉真珠の根元をしごき、亀頭で子宮口をたたいた刹那、月乃が悲鳴じみた声を響かせながら、びくびくっと腰を跳ねあげる。月乃のアクメ姿を見た直後、和馬もまた、大量のザーメンを吐き出した。

「ひっ……ひっ……ひぃんん……ご主人様……ご主人ひゃまぁ……！」

全身でしがみついてくる姪相手に己の欲望汁を放つ背徳感に、和馬は年がいもなく昂るのだった。

「うわあ、いつもこんなに出るもんなんです？」

使用済のコンドームを、月乃が興味深そうに眺めていた。

「いや、これはかなり多いほうだ。自分でもちょっとびっくりしてる」

「なるほど。それはつまり、ご主人様がそれだけわたしに興奮してくれたって証拠ですね」

ゴム内に溜まった大量の精液をたぷたぷと揺らしながら、処女を喪ったばかりの美少女メイドが微笑む。

「まあ……うん、否定はしない。久々だったってのもあるけどな」

「久々？　梓さんとはしてないんです？」

首を傾げる月乃を見て、和馬は己の失言に気づく。

「……ノーコメントだ」

梓とはいつもアナルセックスで、膣への挿入が久しぶりだったなどと言えるわけがない。しかし、この対応が逆に月乃の興味を引いてしまう。

「え？　わたしが下宿したせいですか？」

「違う」

「ケンカ？」

「それも違う」

「だったら、なんでです？」

こうなったときの月乃は本当にしつこいと和馬はよく知っているが、さすがにこれは話せない。

「……わかりました。だったら、梓さんに直接聞いてきます」

「うわあ、やめろ、マジでやめろ、このバカ娘っ！」

この姪ならばやりかねないと判断した和馬は、渋々、本当に渋々、事情を説明した。

「なるほど、そんな理由があったんですね」

「わかってると思うが、梓には絶対に言うなよ？ 絶対だぞ？」

「ご安心ください、メイドには守秘義務がありますから」

そう言って月乃は、誇らしげに自分の胸をたたく。まだエプロンドレスははだけたままだったので、たたいた衝撃で美乳がぷるんと揺れた。

第三章　ミニスカ巫女装束の絶対領域

「梓さんって、ご主人様に処女を捧げるつもりはないんです？」

梓がそんな質問を月乃にぶつけられたのは、雨の降りしきる六月中旬のことだった。

「なっ、なにを言ってるの、月乃ちゃん!?」

月乃が持ってきてくれたアイスコーヒーを、梓は危うく噴き出すところだった。

「わたしだけご主人様に初めてを奪っていただくのは、不公平かと思いまして」

「……！」

ちょこんと正座をしたまま、じっとこちらを見つめる女子高生メイドの言葉に、梓は息を呑む。

（し、したんだ、月乃ちゃん。和馬さんとセックスを……！）

ここ最近の二人の雰囲気から、恐らくそういうことなのだろうとはうすうす感じていたが、当人に直接言われるのは、やはり衝撃的だった。

(和馬さんのあのおっきくて太くて硬いオチ×チンが、こんな可愛い女の子のアソコに入っちゃったんだ。凄い)

だが、恋人に裏切られたことではなく、自分にとって未知の行為を目の前の少女が経験したという事実がショックだったのだ。そして、そんなふうに感じる自分自身に対しても、梓は驚く。

(私、和馬さんにも、月乃ちゃんにも、怒ってない。普通なら、浮気されたって腹を立てたり、悲しんだりするはずなのに)

それどころか、どこか安堵すらしている。もちろん、月乃の気持ちを事前に知っていたので、こうなる可能性を予測していた影響もあるだろう。

「……怒らないんですね、梓さんは」

「うん、不思議とね。なんでかな?」

「たぶん、ライバルへの脅威以上に、仲間ができた嬉しさのほうが大きいんじゃないですか? 梓さんがどんな方か知ったときのわたしがそうでした」

「ああ、なるほど」

月乃の言葉が、すとんと腑《ふ》に落ちた。と同時に、新たな疑問も生じる。

「でも、どうして私たち、そんなふうに感じるのかしら？」

「簡単です。ご主人様が、自分よりも他人を優先する性格だからですよ。たとえばの話ですけど、もし、わたしたちが別の男に告白されたりした場合、絶対にあの人、身を引きます。わたしたちの幸福を願って。ただその場合、相手の男に求める合格ラインはめちゃくちゃ高くなるでしょうね」

「ああ、それもよくわかる……！」

知り合ってまだそれほど長くない梓でも理解できるほど、和馬は優しい。いな、優しすぎる。

「ご主人様は仕事でも恋愛でも、ずっとそうやって自分を犠牲にしてきました。うちの家族が今、普通に暮らしていられるのも、ご主人様のおかげなんです」

月乃が目尻に浮かんだ涙を拭う。

「そんなわけで、ご主人様が同棲《どうせい》を始めたと聞いたとき、わたし、ほっとしたんです。もちろん、先を越されたってショックもありましたけど、ああ、これでおじさんが幸せになれるといいなって、心から思ったんです」

「月乃ちゃんも、和馬さんと同じで優しいのね」

「わたしは全然優しくないですよ？　初めて梓さんの存在を知ったときはヤキモチ焼

きましたし。二人きりの愛の巣に、こうして押しかけてますし。凄く、ずる賢い、イヤな女なんです」

「本当に優しくなかったら、和馬さんを逃がさないために協力しようなんて私に持ちかけないでしょ。しかも、自分は愛人でかまわないって」

この露悪的なところこそ、月乃の優しさだと梓はもう知っている。和馬とは血が繋がっていないが、この叔父と姪に共通する優しさこそが、梓を強く惹《ひ》きつけるのだ。

「わたしは戸籍上は姪じゃないですか。結婚は面倒だし大変だと思ってたんです。でも、おじさまの側にはいたい。いっしょに暮らしたい。女として愛してもらいたい。だったら、メイド兼愛人になればいいやって、花より実を選んだだけですよ」

月乃に、無理をしている様子はない。本心なのだとわかる。

「じゃあ、二人で和馬さんをがっちりとキープしないとだね」

「はい。……で、いつになったらご主人様に処女膜を破ってもらうんです？」

ここで梓が話題を元に戻した。

「ちょ、ちょっと月乃ちゃん、もうちょっとオブラートに包んだ言い方を……というか、なんでわたしが処女って断定してるの!? わ、私、これでも三十路すぎの、大人の女なんだけど!? 和馬さんと同居、ううん、同棲してるんだけど!?」

「え？　でも処女ですよね？」

「……和馬さんが言ったの？」

「わたしが強引に聞き出しました。言わなければ、ご主人様の恥ずかしい過去を梓さんにばらしますよ、と脅迫……いえ、ご相談したら、渋々ながら、教えてくれました。すみません、プライベートなことを」

正坐をしたまま、月乃が深く頭を下げる。ヘッドドレスの白いフリルが軽く揺れるのが愛くるしい。

「ううん、いいの。まあ、この歳で処女ってのは恥ずかしいし、月乃ちゃんに先を越されたのはちょっとだけ悔しいけどね」

「いえいえ、梓さんのほうがレベルは遥《はる》かに上ですよ。いずれは、と考えてはいますが、アナルセックスはまだ未経験ですし」

（そ、そっか。私と和馬さんがお尻でしてるって、月乃ちゃんには知られちゃってるわけだものね）

冷静に考えるとそうとうに恥ずかしく、処女巫女は頬を熱くする。

「そこでお聞きしたいんですが、梓さんの予知能力と処女には、ホントに関連性があるんです？」

「それは……なんとなく、そんな気がしてただけなんだけど」

「わかります。処女の巫女はやはりロマンですからね。メイドがご主人様に手籠めにされるのと同じく、永遠のロマンです。あ、粗相をして、ご主人様にお仕置きされるのも、絶対に外せませんっ」

月乃は妙に興奮した様子で熱く語る。

「梓さんのお祖母様にも、同じ力があったとか」

「ええ」

「そのお祖母様は、ずっと処女だったんです？」

「そんなわけはないと思う。だって、私のお母さんを産んだんだから……あっ」

月乃がなにを言いたいのか、梓も気づいた。

「お祖母ちゃん、普通に予知してたわ。つまり、純潔の巫女じゃなくても、力は喪われない……？」

どうして今の今までこんな単純なことに気づかなかったのかと、己の迂闊《うかつ》さを呪いたくなった。同時に、ある欲望がむくむくと膨らむのもわかった。

（わ、私、和馬さんとエッチ、できるんだ。この力を持ったまま、和馬さんに初めてを捧げられるんだ……！）

そんな想いが顔に出ていたのだろう、月乃がにやにやと笑いながらこちらを見ていた。

「ふふ、梓さん、清楚な顔してるわりに、むっつりなんですね」

ひとまわり以上も歳下の女子高生に図星を指摘され、いたたまれなくなる。

「それで、いつ、ご主人様に処女を奪ってもらうんです？　今夜ですか？」

「ええっ!?　無理無理、そんなすぐなんて、心の準備がっ」

「大丈夫ですよ、ご主人様、すっごく優しかったですし。わたし的には、もうちょっと強引に、がつがつ責められるほうが好みだったくらいです」

「あ。ちょっとわかるかも」

このあと、梓と月乃は、和馬が用事を終えて神社に帰ってくるまでのあいだ、赤裸々で卑猥な、秘密のガールズトークを繰り広げるのだった。

（あ、結婚して出産後も、ちゃんと予知をしてる巫女、過去にもいる）

月乃との密談の翌日、梓は境内の隅にある蔵の中にいた。目的は、本当に処女でなくなっても予知能力を喪わずに済むのかの確認である。

（なんだ、悩んで損した……）

梓が手にしているのは、過去の巫女や神職たちが記してきた日誌だ。上呼神社の歴史とも言うべき貴重な文献だが、梓はあまり読んだことがない。保存状態はいいものの、あまりきちんと整理されていないため、億劫だったせいだ。

「和馬さん、几帳面だな……。私と全然違う」

しかし、そんな日誌は現在、和馬の手によって綺麗に年代順に並べられ、さらに簡易的なインデックスまで作成されていた。修繕と掃除をされた蔵には新たに照明も取りつけられ、こうして夜中でも利用できる。

(あれ？　もしかしなくても、私だけ役立たず？)

神社関連の作業は現在、和馬が担っている。家事は、メイドである月乃が取りしきっている。月乃の両親やその関係者、昔からの地元の氏子はいるものの、巫女としての役割はほとんど開店休業状態に等しい。

「この状況って、まずいのでは……」

もし、土地の持ち主である和馬が月乃との二人きりの生活を欲した場合、自分は男も住まいも巫女という肩書もなくしてしまう。むろん、和馬や月乃がそんなまねをするとは思っていないし信じているが、一度抱いた不安は消えてくれない。

(な、なにか私自身に価値を付与しないと捨てられちゃう……！)

目的を済ませた梓は蔵を出て、いったん自室に戻った。正坐をして目を瞑り、解決策を探す。

(価値……身寄りもお金もない私にあるのは、せいぜい、この身体くらい)

さんざん考えたすえに導き出されたのは、自身の肉体だけだった。けれど、身近に自分より十五も若く、可愛らしい月乃がいるぶん、どうしたって見劣りがする。和馬の想いを疑ってはいないが、不安は打ち消せない。

「ああっ、どうしよう……っ」

文字どおりに頭を抱えて畳に突っ伏したそのとき、廊下が軋む音が聞こえた。

「梓さん、今、いいですか?」

「月乃ちゃん? うん、いいわよ。こんな時間に月乃ちゃんが来るの、珍しいわね。なにかあったの?」

「来たのがご主人様のほうがよかったですか?」

女子高生メイドが、悪戯《いたずら》っぽく笑う。

「か、からかわないでよ、もう」

「こんな時間にお邪魔したのは、一刻も早くこれをお渡ししたかったからです」

そう言って月乃が差し出したのは、見慣れた白と緋色をした、巫女装束のようだ。

最近は洗濯も月乃に任せているので、自分のものかと思って受け取る。

「あれ？　これ、私のじゃないよね？」

「いえ、梓さんのですよ。わたしからのプレゼントです。ぜひ、使ってください」

「でも、巫女装束って高いのに……」

「あ、大丈夫です、これ、協会の正メイドは会員価格で買えるんですよ」

「え？　え？　どういうこと？」

なぜ巫女装束の話題でメイドが出てくるのか理解できず、梓は尋ねる。

「厳密にはそれ、巫女装束ではなく、エプロンドレス、つまりわたしたちメイドが着る服なんです」

だが月乃の答えで、困惑はさらに深まってしまう。

（どういう意味？　これがメイドさんの服？）

首を傾げながら、梓は畳まれていた服を広げる。

「……やっぱり、巫女だと思うんだけど、これ」

大胆に、可愛らしくアレンジされてはいるものの、白と緋色が鮮やかな衣装は、梓には巫女装束にしか見えない。

「メイドが着れば、それはすべてメイド服なんです。これは嘘ではありません。史実です。お相撲さんが作れば全部ちゃんこ料理になるのと同じ理屈ですね」

「わかるような、わからないような……」

「つまり、わたしはメイド服としてそれを安く入手しました。でも本物の巫女である梓さんが着れば、それは紛れもなく巫女装束になるわけです」

名門女子高に通う聡明な少女が、大真面目な顔で言う。あまりにも真剣な表情だったため、梓は一瞬、頷きそうになる。

「え。待って。なんで私がこれを着る話になってるの!?」

「ご主人様って、間違いなくこういうのに弱いと思うんです、わたし。ふだん巫女の格好をした梓さんに注ぐ視線を見ればわかります」

「そ、それは……」

この点に関しては梓も同意見だ。

(初めてのときも、半脱ぎのままだったっけ)

「なにか思い当たることがあるんですね?」

「……ひ、秘密よ」

「要するに、ご主人様は巫女とメイドがお好きなわけです。そんなコスプレ好きの中年の前に、ミニスカ巫女服を着た、本物の美人巫女が現れたらどうなると思います?

とうぜん、ケダモノとなって襲ってくれるはずです」

「月乃ちゃんは、私にこれを着て和馬さんを誘惑しろと……？」

「はい」

「無理！　絶対に無理ぃ！　わ、私、三十一よ!?　こ、こんな可愛い服が似合うのは、月乃ちゃんみたいな若くて可愛い女の子だけ！　私、ふだんの白衣と袴だって本当は恥ずかしいんだから！」

「大丈夫です。似合います。それに、恥ずかしがるところがいいんじゃないですか。清楚な美人巫女が羞じらいつつも太腿を晒す……最高です」

両手を胸の前で組んだ月乃が、にやりと笑う。

「……月乃ちゃんの今の顔、なんかおじさんっぽい」

「好きな人がおじさんなので、嗜好《しこう》も似ちゃうんです。……別に、今すぐとは言いません。気が向いたら、試してみてください。梓さんがご主人様に処女を捧げるまでは、わたしも夜伽は我慢しますから」

月乃は言いたいことを言うと、「おやすみなさい」と帰っていった。

「ええ……無理だよ……本当に無理……ぃ」

一人残された梓は、ミニスカ巫女服を抱きしめたまま、途方に暮れるのだった。

月乃からコスチュームを押しつけられたその夜、梓は夢を見た。

『やっぱり俺、若くて可愛いメイドさんのほうがいいや』

和馬に捨てられるという、これ以上ない悪夢だった。

「イヤ、和馬さんっ!!……って、なんて夢を見てるのよ、私は……」

自分の悲鳴で目が覚めた梓は、しかし、どこか安堵もしていた。今のはただの悪夢であり、予知夢ではなかったからだ。

(でも、もしこれが予知だったら……)

少し想像しただけで、恐怖で全身が震えた。

「……起きちゃお」

いつもに比べ三十分ほど早いが、二度寝できる気がしなかったので布団から起きあがり、日課の沐浴《もくよく》の支度を始める。

「……た、試してみよう、かな。時間にも余裕、あるし」

部屋の隅に置きっぱなしの衣装に手を伸ばす。

(現実の和馬さんは、絶対にあんなことは言わない。言わないけど……)

悪夢の中に出てきた和馬のセリフが、耳に甦る。

（わ、わわ、なにこれ、脚、ほとんど出ちゃってる……！）

奇妙な胸の高鳴りを覚えつつ着がえた梓は、姿見の前に立つ。

「……うん、無理」

上半身は、まだよかった。問題は、下半身だった。学生時代でも、ここまで丈の短いスカートを穿いた記憶がない。ふだん現役女子高生のナマ脚を見ているぶん、よけいに違和感が強い。

（だけど……和馬さんは、どう思うかな？　歳を考えろ、とか言われちゃう？　ううん、和馬さんなら、もしかしたら……）

三十一歳の処女巫女は淡い期待を抱きながら、姿見の前で何度もポーズをとる。

（た、試してみる？　試しちゃう？　月乃ちゃんも大丈夫って言ってくれたし……）

梓がミニスカ巫女コスチュームに初めて袖を通したこの日の夜、和馬は部屋に籠もって作業をしていた。

「やっぱり三種の神器の一つっぽいぞ、これ」

木箱にしまわれた古い円鏡と蔵にあった昔の文献を交互に見比べ、つぶやく。

「いろいろと伝承もあるみたいだし、なんとかこの神社の売りにできないか？　いや、まずは祠の再建が先か」

　少し前に蔵を整理しているときに出てきたものだが、まさか御神体が出てくるとは予想外だった。老朽化した祠から移したまま、放置されていたらしい。

「目録によると注連縄《しめなわ》と他にもう一つ神器があるはずなんだけど、蔵にはなかったなぁ。今度、梓に聞いてみるか」

「呼びました？」

「うお!?」

　とつぜん聞こえてきた声に、和馬は肩を震わせる。

「驚かせましたか？　すみません。声はかけたんですけども」

　振り返ると、少しだけ開いた襖からこちらをのぞきこむ梓の顔があった。

「あ、ああ、ごめん。ちょっと夢中になってた。この鏡、どうやらここの御神体、神器で間違いなさそうだよ。……梓？」

　なぜか部屋に入ってこようとしない梓に、和馬は訝《いぶか》しむ。

「そんなところに突っ立って、どうかしたのか？」

「あ、あ、あの、ですね。実は月乃ちゃんに服をプレゼントしてもらいまして」

「月乃が？　へえ、今、それを着てるのか。見たいな」

梓にすっかり懐いた姪っ子がどんな服を贈ったのかと、和馬は興味を抱く。

(梓は可愛いのもシックなのも、どっちも似合いそうだな。私服はちょっとおとなしい感じのが多いし、たまにはちょっと派手めなのを見てみたい気がする)

なんならセクシー系でも大歓迎だぞ、などと思って待っていると、ゆっくりと襖が開けられ、梓の全身が露になった。

(ん? いつもの巫女さんの格好じゃ……ねえ! 全然違うっ!!)

一瞬、見慣れた白衣と緋袴の組み合わせかと思ったが、すぐにこれが尋常ではない状況と理解した和馬はスマホに手を伸ばし、カメラレンズを梓に向けた。

「なっ、なにしてるんです⁉」

「撮るだろ、こんなの! 俺、初めて見たぞ、梓のナマ脚なんて!」

「み、見てるじゃないですか、何度も何度も何度も!」

「服を着た状態ではまた違うんだよ!」

「や、ダメ、ダメですってばぁ!」

梓は顔を赤くしながら袴型のスカートの裾を引っ張るが、そんな羞じらう仕草は逆に煽情的《せんじょう》で、和馬はつい、連写モードで撮ってしまう。

「うー、和馬さんのエッチ……!」

和馬が「お願いだから撮らせて！」と本気で頼みこむと、梓は羞恥で涙ぐみつつも、なんとか撮影を許してくれた。基本的にこの巫女、押しに弱いのだ。

「ふう、撮れた撮れた。……これ、今作ってる神社のサイトに載せていいか？」

「ダメに決まってます！　誰かに見せたら、私、本気で怒りますよ!?」

「わかったよ。俺一人で楽しむってば」

写真をこっそりクラウドの秘密のフォルダに保存しつつ、黒幕であろう月乃に心の中で感謝を伝える。

(こいつは、実にイイ。マジでイイ。最高だ。よくやったぞ、我が姪よ)

和馬は改めて、梓を見る。レンズ越しでなく、肉眼で見る恋人はふだんにも増して綺麗で可愛くて魅力的で、瞬《まばた》きすら忘れるくらいだ。

「俺、きみに見惚れてばっかりだな。初めて会ったあのときからずっと」

「み、見惚れるって……」

歳上の男のストレートな言葉に、三十一歳の処女が恥ずかしげに、けれど嬉しげに俯く。長い黒髪で口元を隠す仕草がたまらなく愛くるしい。

(本当に可愛いな、梓は。そのくせ、妙に色っぽいし)

乙女のごとき初々しさと、大人の色香を兼ね備えたこの巫女への想いが、和馬の中でさらに強まった。

「いつもの巫女さんも、清楚で可憐で神聖で最高だと思う。でも、この格好をした梓の可愛らしさは、正直、常軌を逸してる。こんなの見せられて、我慢できるわけがないだろ……！」

ゆらりと立ちあがった和馬は、梓を抱き寄せた。ふだんの和馬ならばまずしないような、強引な抱擁だったが、梓は抗わない。和馬がこうした行動を起こすと予測していた気配があった。

（ああ、なるほど。俺にこうさせるための服なのか？）

遅まきながら、その可能性に思い至った。夜更けに、こんな格好で恋人の部屋を訪れたのだ。誘惑が目的だったと考えてもおかしくはない。

（この破壊力抜群のミニスカ巫女服を用意したのは月乃だ。となると、あいつの狙いはなんだ？）

これも、すぐに予想がついた。

（梓の初めても奪えってわけか。でも、それは無理な相談なんだ、月乃）

自分よりも周囲の人間に気を遣う月乃らしい配慮だと思った。もっとも、あの賢い姪のことだから、なにかしらの計算があるはずだ、とも叔父は考える。

（まあ、そこら辺はあとまわしだ。今は梓だ）

あれこれと考えるのが面倒になるくらい、和馬は目の前の恋人に心を奪われていた。

「すまん、梓が魅力的すぎて、もう、我慢できそうにない。……いいか？」

梓は小さく頷いたあと、顔を上げ、じっと和馬を見つめている。なにか言いたげな瞳だった。

「あの……今日は……普通に、してください」

「え？」

「お尻じゃなくて……普通に、私を抱いてください……っ」

（そういうことか、月乃）

処女でなくなっても予知能力は残るという梓の説明に、和馬はすべてを察した。やはり、自分に続いて梓の純潔も和馬に奪わせる狙いなのだろう。

「わかった。ならば、俺は遠慮なく梓を抱くぞ。もう一つの処女も奪うからな」

「はい……っ」

緋色の袴に負けないくらいに肌を赤くした梓を、急いで敷いた布団に寝かせる。あのときもこうだったなと、初めて梓と繋がった夜を思い出しながら、和馬は全裸になった。

「あの……今日は、大丈夫ですから……お薬も、飲みましたし」

早くも雄々しく勃起したペニスをちらちらと見つつ、梓がゴムは不要だと告げてきた。この発言に肉筒はさらに硬度を増し、四十代とは思えぬ角度で反り返る。

「わかった。……可愛いぞ、梓」

「はうぅ……わ、私の年齢、わかって言ってますか？　こんな格好、絶対に似合わないのにぃ」

「いや、最高に似合ってるぞ」

仰向けの梓を、和馬はじっくりと、いな、ねっとりと視姦する。

肩と腋の部分に、あえてスリットを入れた上着。本来の袴の三分の一未満の面積しかないミニ丈のスカート。そこからのぞくむっちりとした両脚には、膝上までの白いオーバーニーソックス。

（スカートと靴下のあいだの露出した太腿を、絶対領域というんだったな）

ナマ脚は恥ずかしいと梓は途中で月乃に渡されたらしいニーソックスを穿いたのだが、むしろ魅力がより増していた。

（イイ……実にイイ……！）

本物の巫女装束が持つ清楚さや神聖さは薄れる代わりに、可愛らしさとエロティシズムが前面に押し出されたコスチュームに、和馬は年がいもなく興奮していた。

「か、和馬さん、鼻息、荒いです」

「そのくらい興奮してるんだ」

「ああ……っ」

上着越しに梓の豊かなバストを揉む。

「ん？　ブラ、着けてないのか？」

「は、はい。月乃ちゃんが、どうせご主人様、すぐに襲ってくるはずだからって……んふん」

いつもの白衣に比べて生地が薄いため、たわわな膨らみの感触がより伝わってくる。とがった乳首の位置も、はっきりとわかった。

（そういや月乃も初めてのとき、メイド服の下はなんにも着けてなかったな）

十六歳の姪メイドのバージンを奪ったときを思い返しながら、三十一歳の処女巫女への愛撫を続ける。

「はっ、はっ、はあぁ……ああん、ダメ……和馬さん……ンンっ」

これまで幾度も重ねてきた肛交での経験を活《い》かし、梓の性感帯を的確に、丁寧に責めていく。

（アヌスでは何回もしてきたとはいえ、梓は処女だからな）

大事な恋人の苦痛を少しでも和らげようと、上着をはだけ、剝き出しの乳首を口に含む。石鹼《せっけん》の匂いが強いのは、梓もこうなることを承知したうえでやってきた証だ。

「ああ、イヤ……そんなに吸われたらぁ……はっ、はっ、んひっ……アアッ、先っぽ、嚙むのもダメぇ……ヒン！」

バストサイズに比例して大きめの突起を左右均等に舐りつつ、ミニ袴から露出した太腿を撫でまわす。しっとりと汗ばんだ絶対領域の感触を味わいながら、徐々にスカートの奥へ手を潜らせる。

「あっ、あっ、和馬さん、そこ、そこはダメぇ……ひぃぃぃんっ！」

そして指先が花弁に触れた瞬間、梓の背中がぐんと反り返った。その鋭い反応と夥《おびただ》しく濡れた女陰に、和馬も驚いた。同時に、この先の行為に期待し、興奮しているのが自分だけではないことを喜ぶ。

「そこって、どこ？　ちゃんと言ってくれないと、わからないな」

大量の愛液で濡れそぼったスリットをまさぐり、すでに完全に露出したクリトリスを転がしつつ、梓に卑猥な質問をぶつける。自分でもオヤジくさいと思ったが、梓の羞じらう姿がどうしても見たかったのだ。

「意地悪です……今日の和馬さん、意地悪ぅ……アア、そ、そこです、今、あなたがいじってるところぉ……あひんっ！」

「んー、ここ？」

真っ赤な耳たぶを甘噛みした和馬は、梓の膣口とアヌスを同時に撫でてやった。大量の蜜に濡れた柔唇とすっかり性器と化した肛門、どちらの狭穴も物欲しげにひくつく。

「そ、そう、そこ、ですぅ！　アアッ！」

「でも俺、二カ所触ってんだよな。どっちか言ってくれないと」

日頃の和馬ならばまず口にしないようなセリフが、ぽんぽんと出てくる。

「ま、前ですぅ……お尻じゃないほう、ですってばぁ」

涙で潤んだ目が恨めしげに、かつ、悩ましげに睨んでいる。

（まずい。こんな可愛い顔されたら、止まらなくなっちまう）

自分にサディスティックな一面があった事実に驚きつつ、指を膣穴に集中させる。

さらに潤みを増した秘口に指先を沈めると、きゅううっと締めつけてきた。

「ひんっ！　あっ、ダメ……ダメって言ってるのにぃん！　あっ、あっ、待って、そんなにそこ、いじられたらぁ……ひぃぃっ！」

「梓の前の穴は、もっとっておねだりしてるぞ？　ほら、聞こえるだろ？」

和馬はわざと水音が立たせ、梓の羞恥心を煽る。恋人が真っ赤になって羞じらう姿に、目が引き寄せられる。

（まずいな。俺に、こんな趣味があったなんて自分でも知らなかった）

愛しいからいじめたい。好きだから嬲りたい。四十一歳にして初めて自覚した性的嗜好のままに指を動かし、穢れを知らぬ女陰を辱める。

「はひっ、ひっ、んああっ、ダメです……ダメ……ああ、本当にダメぇ……和馬さん、やめて……そんなにされたら、私、私ぃ……あああぁ！」

さらに深く指を埋め、媚襞をまさぐるのと平行して、親指でクリトリスを転がす。

梓の腰が浮きあがり、膣内の指が強烈に締めつけられた。

「ひっ、ひっ、ひぃぃぃぃーっ！　イク……イク……ッ！」

愛くるしいコスチュームを纏った三十一歳の処女巫女のアクメする姿を、和馬は瞬きもせずに視姦しつづけた。

（やだ、私、思いきりイッちゃった……指でいじられただけなのに、こんなに感じちゃうなんて……）

肛交でさんざん痴態を晒してきたとはいえ、やはり恥ずかしいのは変わらない。特に今夜は、ミニスカ巫女コスチュームを着ている影響も大きい。

（三十路すぎでバージンのくせにお尻では何度も経験してる変態女が、こんな格好で初体験してもらうために夜這い……あああ、よくよく考えたら今夜の私、とんでもないことしてるのでは!?）

オルガスムスの余韻のなか、梓は己の行動を振り返り、今さらながら後悔した。

（でも、月乃ちゃんも和馬さんも、似合うって言ってくれた。可愛いって言ってくれた。なにより……ああん、凄い……っ）

恥ずかしさと情けなさで押しつぶされそうな梓の心を支えているのは、和馬の言葉と態度、そして隆々とそそり勃つペニスだ。アヌスでするときと変わらない、いな、それ以上の逞《たくま》しさはすなわち、和馬の漲り具合のバロメーターだ。

（和馬さんのオチ×チン、がちがちぃ……こんな格好の私に、ずっと硬くしてくれてるんだ……嬉しい、かもぉ）

恥ずかしさは消えない。むしろ、増している。しかし一方で、羞恥とセットで湧きあがる興奮も強くなっていた。和馬が己のS性を自覚すると同時に、梓もまた、自分の中のM性に気づきつつあった。

「梓」

「ひゃんっ」

和馬がそっと覆い被さり、まだ絶頂の波が引ききってない姫割れに剛直を押し当ててくる。熱い裏スジに敏感なスリットや陰核を擦《こす》られるたびに鮮烈な愉悦が広がり、甘く、媚《こ》びた声が漏れてしまう。

(ほ、欲しい……和馬さんのこれで、私の初めて、破ってほしいのぉ……っ)

漏れたのは喘ぎ声だけではなかった。先程まで指で嬲られた膣口からは新たな愛液がとろとろと分泌され、会陰を伝い落ち、シーツに染みを作っている。

「行くぞ、梓」

そんな女体の反応を見て、これならば大丈夫と判断したのだろう、ついに和馬が狭い窪《くぼ》みに切っ先をあてがった。ゴムを装着していないため、男の熱さと硬さがはっきりと感じられた。

「はい……来てください……梓を女にしてください……あぁぁ！」

和馬と同棲を始めたときから、ずっと待ちつづけていた瞬間が訪れた。もちろん、破瓜への本能的な畏怖はある。だが、肛交での経験で知った快楽が勝った。なにより、和馬と結ばれたかったのだ。

（あっ、来た……痛い……痛いけど……嬉しい……！）

指とは比べものにならない太いモノに身体を貫かれる痛みと違和感に、呻《うめ》き声が出た。が、それはすぐに薄れ、代わりに、ついに愛しい男と一つになれた幸福感が梓の心を満たす。

「全部、入ったぞ。つらくないか？」

「大丈夫、です……ああ、嬉しい……私、あなたに女にしてもらえました……！」

恋人の身体にしがみつく梓が、涙をこぼす。その嬉し涙を優しく拭ってもらえたことで、さらに幸せな気分が広がる。

（同じオチ×チンなのに、お尻とは違う感じ……。こっちのほうが、お腹《なか》の奥をつつかれてる感じはするかも……）

和馬がじっと動かないでいてくれたおかげで、破瓜の痛みは急速に引いていった。代わりに、アナルセックスのときとよく似た甘い疼きがじわじわと広がってくるのを感じる。

「もう、動いても平気、ですよ……あふン」

小声でおねだりすると、和馬は即座に腰を揺らしはじめた。動きたいのをずっと我慢してくれていたことが、梓には嬉しい。

（あっ、あっ、ああっ⁉）

開通したばかりの膣粘膜を抉られるのだ、きっと処女膜を破られたときと同じかそれに匹敵する激痛があるのだろうという予測は、いい意味で外れた。さすがにぴりぴりとした痛みは感じたが、充分に我慢できる範疇だった。

「はっ、あっ、んんっ……ああっ、んんんんっ！」

苦痛に備えていた梓の口は、甘い声を漏らしていた。特に、膣奥を亀頭のエラで擦られるたびに生じる未知の快感がたまらない。

「あっ、えっ、なんで……はひぃ⁉　あっ、はうっ、あっ、ダメ、待って、和馬さん、ちょっと待って……アァァ！」

まさかいきなり気持ちよくなれるとは思ってなかったため、梓は狼狽える。初めてなのに感じる淫乱な女と思われたくない気持ちも若干はあった。

「今日は待ったが多すぎるな。好きな女とようやく繫がれた男が、止まれると思ってるのか？」

梓の狼狽《ろうばい》の理由を見抜いているであろう和馬に、抽送を止める気配はない。逆にピストンのギアを上げてくる。しかも、明らかに蜜壺の奥を狙い撃つ動きだ。

「はうぅっ！　ああっ、ダメ、奥は、奥はなんかおかしいんです。だからちょっと待ってくだひゃっ、あひっ、ひうゥン！」

「梓はアヌスでもマ×コでも、奥が弱いのか。子宮が性感帯なのかもな」

一突きごとに乱れ、蕩ける梓を見下ろしながら、和馬はさらに執拗に深部を狙う。牡の銛《もり》の先端がなにかに当たるたびに、鮮烈な肉悦が弾ける。

（知ってる、私、これ、知ってる……ああ、私、子宮で感じてる、女の一番大事な場所で気持ちよくなってるぅ……！）

肛交でも子宮に振動は伝わるが、ダイレクトに入口をたたかれる刺激は凄まじい。亀頭と子宮口の卑猥なディープキスのたびに、経験したことのない法悦に包まれる。

「はっ、はっ、はひっ、はうぅぅ！　イヤ、イヤ、そこは、そこはぁ……！　アアアッ、凄いの、凄いんですよぉ！　アーッ、アーッ！」

知らない間に、和馬にしがみついていた。ミニ袴スカートから伸びた両脚を恋人の腰に巻きつけ、子宮を小突かれる快楽に淫らに喘ぐ。

（気持ちイイ……イイ……たまんない……アヌスとはまた別の気持ちよさが凄いのぉ……あっ、あっ、奥が好き、奥をこんこんされるの、大好き……ぃ！）

梓の痴態に煽られたのか、和馬の動きにはもう、遠慮はなかった。獣欲を剝き出しにした荒々しいピストンに、自分は牡に貪られているのだと実感する。そして、その被虐感がさらに梓を昂らせた。

「イ、イキそう、です、私、初めてなのに、イッちゃいますっ」

「どこだ、梓はどこでイクんだ？」

「オ、オマ×コ、ですっ、梓、あなたのオチ×チンでイキます、果てますっ！　ああっ！」

これまで口にしなかった卑語が、勝手に飛び出ていた。卑猥な単語を口にしただけなのに、愉悦が一段上がる。

「もっと、ああ、もっと奥をいじめてくださいっ、梓のオマ×コ、もっともっと抉ってぇ！　ひぃっ、ひっ、イイ、イイッ！」

三十一年間も純潔を守りとおしてきた巫女が浅ましく叫ぶたびに、和馬の抽送が加速する。禍々《まがまが》しいほどに猛った怒張は容赦なく媚粘膜を擦り、女の最も神聖な部屋を繰り返し小突く。

「ここだな、ここが梓の好きなところだな!?」

「はひっ、そうです、そこ、そこが私の弱いところぉ……アアッ、イク、イク、子宮、たまんらいっ！　イック、梓、オマ×コでイキますぅ！」

急速に迫ったオルガスムスの大波に乗るべく、梓は自ら淫語を口にする。

(あっ、来る、来てる、お尻のアクメとは違うのが来る……イク……イクイクイク、オマ×コ、弾けちゃう……ッ)

目を開けているにもかかわらず、視界が真っ白に染まる。かつてないほどの愉悦に、子宮が熱く疼く。

「イック……イグ……イギますぅ……あひぃぃぃ!?」

あと一往復で果てる、と確信したその刹那、和馬が先に爆発した。オルガスムス寸前の媚壁と子宮を灼熱の白濁汁に焼かれ、巫女が絶叫とともに痙攣を始める。

「ひイイィッ! イヤッ、イク、イッグ……いひィッ! らめっ、こんらの無理ぃ……イック、イグ、死んひゃうぅ! アアアアアッ!!」

ポルチオに次々と注がれるザーメンの量と熱さに、梓はただただ悶え、喘ぎ、震えつづけることしかできなかった。

第四章　巫女とメイドのダブルご奉仕

雨続きの梅雨が明け、本格的な夏が到来した。都心部に比べると多少は過ごしやすく感じるものの、やはり日中の作業は厳しい。

「あ、暑い……汗が止まらん……！」

こつこつ地道に補修作業を続けたかいあって、神社は当初に比べ、だいぶ見られるようになっていた。建築業を営む義兄からの様々な支援に加え、夏休みに入った月乃が手伝ってくれたことも大きい。

「ご主人様、あまり無理しないほうがいいですよ。もう若くないんですし」

「自分がおっさんなのはわかってるが、他人に言われると面白くない」

「主に忌憚《きたん》ない意見をぶつけるのも、メイドの役割です」

「お前のは、たんに遠慮がないだけだろ」

「いいじゃないですか、気の置けない主従関係」

「気が許せないときもあるんだよな、月乃の場合は」

小さな社の修繕作業をしていた和馬は、じろりと姪を睨む。

「おや。こんなにもご主人様を慕い、想い、仕える若くて可愛くてエロいＪＫメイドになんのご不満が？」

「自分で可愛いって言うの、恥ずかしくないのか？」

「自分で、じゃないです。夜な夜な、わたしを可愛い可愛いとお褒めくださるのはご主人様ですよ？　昨晩だって、イヤがるメイドを夜伽に呼びつけ、さんざん慰み者にしたくせに。しくしく」

麦わら帽子にエプロンドレス姿の月乃が、わざとらしく泣きまねをする。

「事実をねじ曲げるな。夜這いをしかけたのはお前だろーが」

「些細《ささい》な違いです」

「めちゃくちゃ違うわ！」

「でも、わたしをめちゃくちゃ犯したのは事実ですよね？」

「……まったくの事実無根とは、言わん」

急速に美しく成長する姪の女の魅力に屈したのは言い訳できないため、和馬の歯切れはとたんに悪くなる。

（だって、無理だって！　こいつ、マジで可愛いし！　最近は、色っぽくなってきたし！　そんなやつがメイドさんの格好して、かいがいしく、エロエロしくご奉仕とかしてくるんだから！　エロいテク、どんどん覚えて上達するし！）

和馬は作業の手を止め、自分の頭を抱えてしゃがみこむ。

「和馬さん、どうかなさいましたか？　まさか、熱射病ですかっ？」

「え、梓？」

心配そうな表情で声をかけてきたのは、巫女の格好をした梓だった。ヤカンと、たっぷり氷の入ったグラスを持っている。

「違います。いつもの、しょうもない自己嫌悪です」

和馬の代わりに、月乃が答える。

「ああ、いつものですか」

それを聞いた梓は和馬と月乃にグラスを差し出すと、苦笑いを浮かべた。

「えっ、梓まで⁉」

「男のほうがうじうじするって話はよく聞きますけど、うちのご主人様はまさにその典型例ですね。梓さんがしっかり、ぐいぐいリードを引っ張らないと、将来、苦労しますよ？」

「私も自分が前に立ったりするのは苦手だから、そういうのは月乃ちゃんにお任せ、かな」

グラスに麦茶を注ぎながら、梓が月乃を見る。

「なるほど。ご主人様を裏から操る……確かに、メイドの夢の一つですね。うちのご主人様、単純でチョロくて御しやすいタイプですし」

「おい、本人の前で言うセリフか、それ」

「隠しごとをせず、本心を堂々とお伝えしているところにわたしの良心と誠意があるとお考えください」

「お前、絶対に俺をバカにしてるよな……」

「バカにしてる方に処女を捧げたり、毎夜、性的なご奉仕などいたしません」

「ぐふっ！」

月乃が真顔で口にしたセリフに、麦茶を噴き出す。

「いい歳して、なにしてるんですか。あんまり情けない姿ばかり晒してると、奇跡的にご主人様を好きになってくれた梓さんに愛想尽かされますよ？」

ハンカチを取り出した月乃が、やれやれ、といった顔を浮かべつつも、口元を拭いてくれた。

「大丈夫ですよ、私もさんざん、和馬さんには情けない姿を見せちゃってるもの」

梓が、空になったグラスに麦茶を注ぎ直してくれた。その表情や雰囲気には、月乃に対するネガティブな感情はまったく窺えない。

(なし崩しに月乃とも関係を持っちゃったけど、梓はなんでこんなに平気なんだ？ヤキモチとか、俺や月乃に対する怒りとか恨みとか、ないのか？)

清楚な巫女と美少女メイドと同時につき合える。それは、男である和馬にとっては理想を通り越し、夢みたいな状況だ。だが、自分にとって都合がよすぎるがゆえに、不安も大きい。

「麦茶、濃すぎました？」

そんな心境が顔に出ていたのか、梓が申し訳なさそうに言う。

「え？　いや、凄く美味しいよ。俺はこのくらいの濃さが好みだし」

「それならいいんですけど」

「梓さん、大丈夫ですよ。ご主人様は、わたしたちが仲よくしてるのが嬉しいくせに心配でたまらないだけです。両手に花ならぬ巫女とメイドってハーレムを脳天気に楽しめないところに、ご主人様の器の小ささが感じ取れますね」

ごりごりと氷を噛み砕きながら、月乃が肩をすくめる。

「でも、まあ、調子に乗らないところは、ご主人様の長所ですね。つけあがって、わたしと梓さんを布団に呼びつけたり、エッチなプレイを命じない点は、いちおう褒めてあげます」

「エ、エッチなプレイ……!?」

月乃の言葉に、梓が頬を赤らめる。見た目も中身も基本的には清楚な梓だが、処女だった時間が長かったせいか、性的なものへの興味や関心が実は人一倍強いことを、和馬はもう知っていた。

(梓のこの顔は、エロい妄想してるときのやつだ。予知能力を守るため、性欲を抑圧してきた影響か、案外むっつりなんだよな、梓って。まあ、清らかな巫女さんが実はエロエロとか、最高だけども……!)

「おや。梓さんは興味津々ですか? わたしはメイドの嗜みとして、複数プレイの知識は学んでいます。梓さんさえよろしければ、今夜にでもいかがです?」

「なっ……月乃、お前、とつぜんなに言い出すんだっ」

この姪っ子がそうとうに常軌を逸した言動をする娘だと理解していたつもりだったが、さすがにこのセリフには驚き、そして呆れ返った。しかし、和馬をさらに驚愕《きょうがく》させる一言が梓の口から飛び出す。

「つ、月乃ちゃんがいいのなら……ぜひ……っ」

先程よりもさらに赤面した巫女に、和馬は目を見開く。毎夜、巫女とメイドが交互に部屋にやってくる現在でもそうとうに異常だというのに、さらにとんでもない状況に自ら進もうとする梓に、和馬の理解が追いつかない。その一方で、

(さ、3P、だと……⁉)

浅ましすぎる欲望が、男の見果てぬ夢への期待を膨らませる。

「わたしは大歓迎です。やはり、メイドたる者、一度は複数人でのご奉仕は経験しておきたいですからね」

「待て待てっ。月乃のとんでもメイド論はともかく、梓まで、なに言ってんだ⁉ なにか誤解があるんじゃ……」

「わ、私、ちゃんとわかってます。和馬さんはよくご存じのとおり、私は処女を長年こじらせたせいで、その……すっごく、むっつりなんです。ようやく女にしてもらった今、いろいろと取り戻したいなって」

梓は羞じらい、照れながらも、きっぱりと言いきった。

(む、無駄に思いきりがいい……!)

ふだんは物静かで慎重で引っこみ思案の梓なのに、ときおり、こうして妙な決断力を見せるときがある。今がまさにそうだ。このアンバランスさこそが、梓の不思議な魅力の根源なのかも、と和馬は感じる。

「はい、話はまとまりましたね。それでは今日は、わたしたち二人で夜這いしますので、ご主人様もそのおつもりでよろしくお願いします」

「俺の意志は無視⁉」

「は？　意志？　断る気なんて、最近また増えてきた白髪の毛先ほどもないくせに、なに言ってるんです？　ホントは今から楽しみでしかたないんですよね、ご主人様は。ふふふ」

あなたの本音などお見通しですよ、といった顔でにやりと笑う十六歳の姪に対し、四十一歳の叔父は、なにも言い返せない。完璧に図星であったためだ。

（あああ、マジか。マジで今夜、3Pなのか……！）

初夏の陽光の下でするにはあまりにも似つかわしくない会話が終わったあとも、和馬の思考は今夜のことで埋めつくされたままだった。

「ほらほらご主人様、エロエロな妄想はかまいませんが、手は動かしてください。せっかく御神体を一つ見つけても、それを祀る社の修繕が終わらなければ意味がないんですから」

傍らのメイドにせっつかれつつ、どうにか日が沈む頃には予定の作業を完了させた。

「ふう、これで境内の修繕は、一段落だな。なんだかんだで一年近くかかっちまったが」

夏なのでまだ完全に日は落ちてないものの、だいぶ暗くなった境内を見わたし、和馬は満足げに頷く。

「ご苦労様でした。初めてこの神社に来たときとはまるで別の光景は、感慨深い。

「ご苦労様でした。素人のご主人様にしてはよく頑張ったほうだと思いますよ。まあ、うちのパパと有能なメイドのフォローがあったおかげですけれど」

「義兄さんとお前の助けは事実だし感謝してるが、なんでいちいち俺を微妙に貶《けな》すんだよ。お前は俺の悪口を交えなければ会話ができない病気かなにかか」

「好きな人につい意地悪言っちゃうのは、古今東西老若男女、変わらぬ真理ですが」

「っ」

予想外の返しに、耳が熱くなる。

「いい歳して、女子高生の告白にいちいち赤くならないでください。可愛すぎます。よけいにいじめたくなるじゃないですか。あ、それともご主人様は、わたしにいじめられたり、からかわれたり、いじられたいんですかね？　うふふ」

和馬が見せた隙を見逃さず、ここぞとばかりに月乃が攻めてくる。残念ながら、口ではこの姪に敵わないとわかっている和馬は、黙ってやり過ごす。

「おや、だんまりですか。黙秘は肯定と受け取りますよ？」

「……勝手にしろ」

「そうそう、さっきご主人様は病気かとおっしゃいましたけど、確かにわたしは、長らく病気を患っております」

「えっ!? は、初耳だぞ、大丈夫なのか!?」

病気の姪に、炎天下での作業をつき合わせてしまったのかと本気で焦った直後、

「月乃はずっとずっと、恋の病に侵されています。不治の病です。まさか、誰に恋してるか、なんて無粋な質問はしませんよね、ご、しゅ、じ、ん、さ、ま？」

月乃は憎たらしいくらいの満面の笑みを浮かべ、和馬の顔をのぞきこんでくる。

「こ、この……っ」

「最近は恋の病に加え、身体も犯されてますけどね」

「くっ！」

「今夜はわたしと梓さん、どんなふうに犯されちゃうのか、今から怖くてたまりません」

そう言って、憎たらしくも愛らしい姪メイドは和馬に腕を絡め、その柔らかな肢体を密着させてくるのだった。

(今夜は月乃ちゃんと二人で、和馬さんと……!)

妙な緊張感の漂う夕食のあと、梓は自室で一人、悶々としていた。昼間、月乃に3Pに誘われたときは躊躇なく参加すると答えたものの、時間が経つにつれ、不安が急速に増してきたせいだ。

(考えてみたら月乃ちゃんって、現役の女子高生なんだよね。私より十五も若いんだよね。しかも可愛いし。メイドさんだし。そんな子と並んだら、和馬さん、私に幻滅するんじゃ……)

梓が抱いている不安は、三人で淫らな行為をすることに対してではない。三十一歳の自分に和馬が失望するのでは、という恐怖だ。

(ど、ど、どうしようっ。私が月乃ちゃんに勝てるのって、おっぱいの大きさくらい。それだって、和馬さんが巨乳好きかどうかわからないし)

女二人と男一人でセックスをする。一般的にはそうとうに特殊で淫靡《いんび》で背徳的な行為のはずなのに、梓は自分でも不思議なくらいにすんなりと受け入れていた。むしろ、アブノーマルだからこその期待感があるほどだった。

（あ、そうだ。月乃ちゃんは、絶対にエプロンドレス着用のはず。となると、私も巫女装束着てったほうがいいのかな？　和馬さん、私が巫女の格好すると喜んでくれるし）

先程入浴を済ませた梓は現在、寝間着代わりの浴衣姿だ。着がえるべきかと悩んでいると、襖がぼすぼすとノックされた。

「こんばんは、梓さん」

「月乃ちゃん？　あれ、もうそんな時間？」

廊下に立っていたのは、月乃だった。純和風の社務所にメイドがいる状況を見ても、もはやなんとも思わないくらいには、梓も月乃がいる日常に馴染んでいた。

「いいえ、夜伽ご奉仕の前に梓さんと打ち合わせしておこうと思いまして。ちゃんとお話ししておくべきこともありますし」

一時間後には同じ男と同衾するはずの少女を部屋に招き入れ、互いに正坐をして向かい合う。

「も、もしかして……和馬さんは譲らない、的な？　宣戦布告、的な？」

「違いますよ。そこら辺は、前にお話ししたとおりです。ただ、梓さんにはわたしの真意を改めてお伝えしておいたほうがいいと思いまして。今夜の3Pを成功させるためにも、些細であっても誤解や不安の種はつぶしておきたいですからね」

月乃の真剣な表情に、梓はこくりと頷く。

「わたしは両親の不仲や離婚、再婚を見てきたせいか、夫婦関係に夢を見られないというか、そういうのは別にいいやって感じなんです。……あ、でも、今のママは好きですよ？　ただ、わたしは結婚とは別の絆《きずな》が欲しいってだけで」

月乃が嘘を言ったり、強がっているようには見えなかった。まだ十六歳になったばかりの少女がこうして笑えるまでになった裏には、和馬の支えがあっただろうことは容易に推察できる。

「月乃ちゃんにとっての絆が、メイドとご主人様の主従関係ってこと？」

「はい。メイドであれば夜伽とかご奉仕を名目に、少なくとも肉体関係は迫れますし。……知ってますか、絆って、元々は家畜に使う言葉だったんですよ？　ポジティブな意味合いで使われはじめたのって、比較的最近なんです」

「え、知らなかった」

「そういう意味でも、わたしはご主人様との絆を強めたいんです」

「……は、はい？」

「実はわたし、昔からご主人様に……おじさんにいじめられるのが好きみたいなんです。いじめてほしいのでつい、ご主人様をからかっちゃうんです。……ご主人様に性的に搾取されるメイドって、素敵だと思いませんか？」

月乃が、瞳を輝かせながら同意を求めてきた。

「あー……わかっちゃう、かも」

最近、己の性的な嗜好を自覚してきた梓が、照れつつも頷く。

「やっぱり！　梓さんも仲間だと思ってたんです！　わたしたち、ホントに似たもの同士ですね！」

マゾであるとカミングアウトしたばかりのメイドが、嬉しそうに梓の手を握ってきた。

「で、でも、あんまり痛いのとか激しいのは、ちょっと無理、かな」

「そこはわたしも同じです。だけど大丈夫ですよ、ご主人様、無駄に優しいし、基本、ヘタレなんで、わたしたちが本気で痛がったりイヤがることはしないし、できないはずですから」

「ああ、わかる！」

思わず、大きな声が出てしまった。

「和馬さん、最後は自分の欲望をぐっと堪えるところ、あるよね！」

「はい、そうなんです。だから、こっちがぐいぐい押さないと、なかなか手を出してくれないんですよ。大変でしたよ、初めて襲ってもらうときなんて」

「すっごくわかるよ、月乃ちゃん！」

「わかってくれますか、梓さん！」

梓と月乃はさらに強く互いの手を握り合う。三十一歳の巫女と十六歳のメイドが、一人の男を介して、理解と関係をより深めた瞬間だった。

「そこで相談です。ヘタレのくせに流されやすいご主人様を完璧に、完全にわたしたちで確保しておくため、今夜の初3Pは絶対成功させたいんです」

月乃のこの申し出は、梓にとってはまさに渡りに船だった。

「うん、いっしょに頑張ろう、月乃ちゃん」

「それではさっそく、今夜の作戦を練りましょう。お互いが持ってるご主人様の弱みとか好みとかをつき合わせれば、きっとうまくいくはずです」

こうして梓と月乃は、3P初夜に向けての甘く淫らな打ち合わせを開始するのだった。

（来るのか？　本当に来るのか？　俺のところに梓と月乃が、二人いっしょに？）

月乃から予告された夜這い決行時刻が迫るにつれ、和馬の興奮と不安は急速に増していた。四十を過ぎた社会人としての良識と、四十を過ぎても衰えぬ男としての欲望が、和馬の中で激しくせめぎ合う。

（梓と恋人になれただけでも俺にとっちゃ過ぎた幸せだってのに、姪っ子にまで手を出したうえ、今度は二人を同時にとか……）

部屋の真ん中で一人、頭を抱えているあいだに、ついに約束の時間となった。

「ご主人様、入りますよお」

月乃の声が聞こえたかと思ったときにはもう、襖がすぱんと開けられていた。

「返事する前になに勝手に開け……うっ」

姪への文句が途中でとぎれたのは、廊下に立つ美女と美少女の姿に一瞬、見惚れてしまったせいだ。

「いいじゃないですか。ご主人様がわたしたちを待ちきれなくてオナニーしてたとしても、今さら別に気にしませんし。ご主人様の年齢を考慮すれば、空撃ち、無駄撃ちはやめてほしいとは思いますけれど」

ふだんと変わらぬ調子でエプロンドレス姿の月乃が、

「あ、あの……お、お邪魔します」

そのあとに、巫女装束を着た梓が和馬の部屋に入る。

（本当に来た……梓と月乃が二人いっぺんに……！）

美人巫女と美少女メイドの揃《そろ》い踏みに、和馬は思考がまとまらない。どちらとも幾度も身体を重ねてきたが、二人同時となると、話はまったく別だった。

「ふふ、ご主人様ってば、緊張しすぎです。まあ、わたしたちをいっしょに抱けるんですから、そのくらい興奮してくれませんと困りますけどね」

緊張の度合が著しい和馬と梓とは異なり、月乃だけはふだんとそう変わらなく見えた。が、それでもテンションは高めだ。あるいは、月乃なりの照れ隠しなのかもしれない。

「ご主人様はリラックスしててください。あとはわたしと梓さんが全部ご奉仕してあげますので」

慣れた感じで、月乃が布団を敷きはじめる。それを見た梓も手伝い、あっと言う間に二組の布団が用意された。

「ほらほら、ご主人様、こっちですよ。梓さんも早く」

布団の中央でちょこんと座った月乃が手招きをする。一瞬躊躇した和馬よりも先に、梓が月乃の横に正坐をした。その動きに迷いも惑いもないことが、和馬には驚きだった。

「梓は、大丈夫、なのか？」

「え？　はい、私は自分の意志でここに来てます。恥ずかしさはありますが、同じくらい、月乃ちゃんといっしょに和馬さんとその……できるのは、楽しみなんです」

羞じらいつつも、きっぱりと言いきる梓に、和馬は何度も目を瞬かせる。

「わたしと梓さんはたくさん話し合って、納得して、信頼を深めてここに来たんです。ご主人様は無駄なこと考えず、頭を空にしてダブルご奉仕を楽しめばいいんです。大丈夫、二人で頭もタマタマも空にしてあげますよ」

「月乃ちゃんの言ってることは本当です。私たち、これまで以上に仲よしになったんです。二人で一所懸命、大好きな和馬さんに気持ちよくなってもらうため、頑張りますね……！」

ほんの数時間前に比べて、明らかに梓と月乃の距離が縮まっていた。二人のあいだでなにが起きたのかはわからないものの、同じ屋根の下で暮らす自分の恋人と姪が仲よくなった事実は、素直に嬉しい。

「じゃあ、さっそく始めましょうか。ご主人様はすっかりその気ですし」

くすくすと笑う月乃が、和馬の膨らんだ股間を指さす。

「和馬さん、私、頑張りますね。月乃ちゃんに負けないよう、あなたに捨てられないよう、精いっぱいご奉仕しますから……！」

最初に動いたのは、予想に反して梓だった。四つん這いのまま擦り寄ると、和馬の甚兵衛《じんべえ》とボクサーパンツをまとめて引き落とす。期待で膨らんでいた肉棒が現れ、巫女とメイドの視線に晒される。

「あっ……もう、こんなにおっきく……！」

「でも、いつものご主人様と比べると、まだまだ勃ちが甘いですね」

「確かに。ふだんの和馬さんは、もっともっと凄いもの」

美女と美少女は膝立ちのまま、和馬の分身に手を伸ばしてきた。梓は優しく亀頭を撫で、月乃は牡茎をゆっくりとしごき出す。手コキされた経験はあるものの、二人同時にされたのはもちろん、初めてだ。

「どんどん膨らんできました」

「オチ×チンに芯が通ってきましたね」

リズムもタッチも異なる手でまさぐられる刺激に、五割程度だった勃起具合が一気に八割九割まで高まる。

「こ、この状況で硬くならないほうがおかしいだろ」

「でも、まだフル勃起じゃありませんね。もしかしてご主人様、緊張してます？」

「緊張するなとか、無理だから」

「和馬さんも緊張してるんですね。私といっしょです」

和馬の正直な告白に安堵の表情を浮かべた梓が、鈴口への愛撫を変化させた。手のひらで包みこみ、亀頭全体を撫でられる快感に、尿道口から先走り汁が溢れ出る。

「おおっ……くっ、うっ、そ、それ、気持ちよすぎ……おほっ⁉」

敏感な先端部に続き、今度は陰嚢《いんのう》が優しく揉まれた。

「メイドとして、夜伽のテクニックで巫女に負けるわけにはいきません。いかがですか、ご主人様、月乃のタマタマもみもみは？」

梓に対抗した月乃によるふぐり責めもまた、絶妙だった。

「い、いかがもなにも、金玉まさぐられたのなんて、生まれて初めてだ……あっ、くっ、んおっ、こ、こいつはマジで凄い……！」

「ふふ、つまり、ご主人様のタマタマ童貞はわたしがちょうだいしたってことですね。光栄です」

「むぅ。月乃ちゃんだけずるいです。私だって、和馬さんの初めて、もらいたかったのに」

梓が頬を膨らませ、むくれる。ふだんはあまり見られない、少し幼い、けれど愛らしい表情と反応が新鮮だった。

「いいじゃないですか、梓さんは、ご主人様のアナル童貞をいただいたんですから。……梓さん、そろそろ」

「う、うん。そうだね。……和馬さん、失礼します。……ちゅっ」

巫女とメイドはいったんペニスから手を放すと、代わりに顔を寄せ、唇と舌を這わせてきた。

「ちゅ、ちゅ、むちゅっ……ちろちろ……ぺろっ、れろれろ……ああ、ご主人様の匂いと味がしますぅ……はむン」

「あっ、月乃ちゃん、咥えるのはずるいっ。私の分も残しておいてってばぁ」

先端を口に含んだ月乃に対し、梓は頬を当てて押し退けようとする。美女と美少女が頬を密着させながら一本の肉の竿《さお》を奪い合う光景は、まったく現実味がなかった。

「おっ、おっ、くおおっ……月乃、先っぽを舐めまわすの、マジヤバい……っ」

だが、愚息を這いまわる舌が、この状況が間違いなく現実であると伝えている。

「もう、ダメ！　交代っ！　えいっ！」

なかなか勃起を放さない月乃をどうにか引き剝がした梓が、続いてフェラチオ奉仕を開始した。

「おっふ！　おおっ、気持ちイイ……よすぎる……！」

二人の女の口唇奉仕の違いを、一本の剛直で味わう。それはまさに、男の夢の一つだった。

「梓さん、がっつきすぎです。ちゃんと打ち合わせどおりにやってください」

「ぷはっ！……最初にアドリブ始めたのは月乃ちゃんのくせに。……でも、うん、わかった。ここからはちゃんと、作戦どおりに、ね」

（打ち合わせ？　作戦？　いったいなにを企《たくら》んでるんだ、二人とも）

淫らな期待でさらに膨らんだ股間に、二枚の舌が同時に這ってきた。真っ赤な舌が左右から剛直をちろちろと舐めてくる。エラや筒部分をねっとりと這いまわる舌粘膜に、怒張がびくびくと跳ねあがる。

「ご主人様、暴れすぎです。こんなに動いたら、うまく舐められません」

「無茶言うなって！　んおっ!?」

続いて、唇で優しく挟まれた。柔らかなリップと熱い舌とで同時に奉仕されたペニスは、だらだらとガマン汁を垂れ流す。

（ダブルフェラ……しかもこんな極上の女たちに……っ）

黒髪の清楚な巫女と、カチューシャの似合う女子高生メイドがそれぞれ、跪《ひざまず》いたまま、手を使わず、口だけで自分のイチモツを舐めまわす。肉体的な快楽はもちろんだが、この淫猥な光景のインパクトも凄まじい。

（右に梓が、左に月乃が……ああ、なんだこれ、夢なら醒《さ》めないでくれ……！）

この至福の時間が永遠に続いてほしいと本気で願いはじめた直後、すっと二人の顔が離れた。

「えっ⁉」

「いい大人の男が、泣きそうな顔しないでください。それとも、わたしたちのご奉仕が、そんなによかったんです？」

「和馬さんに喜んでもらえたなら、嬉しいです。このあとは、もっともっと凄いご奉仕、しちゃいますね」

和馬の反応に、月乃と梓が目を細めて微笑む。

「では、次は、いよいよ本番です。わたしと梓さん、どちらを先にしますか、ご主人様？」

（この展開はちょっと想定外です。まさか、ヘタレのご主人様があんな選択するなんて）

ダブルフェラのあとはそれぞれ個別に和馬に抱いてもらう、というのが梓と二人で立てたプランだった。その際は、和馬に指名されなかった者がサポートにまわる段取りであった。

『どちらか二人なんて選べるわけがないだろ。人生で最初で最後かもしれない3Pなんだ、両方いっぺんにするに決まってる』

和馬の、無駄に凜々《りり》しく男っぽい返事により、月乃たちの計画は大幅な変更を余儀なくされた。が、流れそのものは変わらない。中間の手順をスキップしたに過ぎない。

（どうせ、途中から三人いっしょにするつもりでしたし。じゃなきゃ、3Pになりませんし）

梓を正妻に据え、自分はメイド兼愛人ポジションを確保し、末永く和馬の隣にいつづける、それこそが月乃の最終目標だ。この人生設計の実現には梓との関係を良好にする必要があり、今回の3P作戦もその一環だった。

（ご主人様自ら、こちらの狙いに乗ってくれるとは、嬉しい誤算です。飛んで閨《ねや》に入る夏の主、ですね）

事前の下調べはしてあるが、いざ三人でするとなると、あれこれトラブルも発生するだろうと予測していた月乃にしてみれば、和馬の欲望剝き出しの選択は、渡りに船と言えた。

（た、ただ……実際にするとなると、少し……いえ、だいぶ恥ずかしいものですね、これは……）

現在、月乃は梓と並んで、布団で横たわっていた。エプロンドレスと巫女装束を着たままなのは、和馬の強い要望によるものだ。

（梓さんもかなり緊張してますね。当たり前ですが）

どちらからともなく握り合った手を通じて、梓の緊張感が伝わってくる。互いの手汗の量も尋常ではない。

「まずは……月乃からだ。今回のことを言い出したのは、お前だしな」

全裸になった和馬が一人目に指名したのは、月乃だった。ちらりと隣の梓を見ると、どこかほっとしたような顔をしている。一番手は避けたかったらしい。

「しょ、承知しました。ご主人様に身も心も捧げるのがメイドです。どうぞお好きにお使いくださいませ。……あっ」

口上が終わると同時に、和馬の手が伸びてきた。慣れた手つきで上着がはだけられ、ブラがずらされ、十六歳の瑞々《みずみず》しい美乳が曝け出される。

「ず、ずいぶんと手際がよろしいですね。最初の頃はどこにボタンがあり、どう脱がせばいいかわからなかったご主人様とは思えません」

恥ずかしさをごまかすため、つい早口になる。

「ああ、可愛い姪っ子メイドの指導のおかげだな。……綺麗だぞ、月乃」

「……っ。ちゅ、中年になってもますます盛んで、メイドとしては嬉しい限りですよ、ご主人様。せいぜい、ぎっくり腰にならない程度に頑張ってください」

綺麗だと褒められた嬉しさをごまかそうと軽口で応じるが、

「お前みたいな高嶺《たかね》の花が目の前にいたら、死にかけのジジイでも勃つだろうよ」

強烈なカウンターで反撃されてしまった。

（た、高嶺の花なんて……おじさんがわたしをそんなふうに……）

歓喜と感動でさらに感度を引きあげられた若い女体に、四十一歳の骨張った指が伸びてきた。

「ンンン……ッ」

剝き出しの膨らみと先端のとがりが、優しく撫でられ、揉まれた。とっくに勃起していた乳首がさらに硬くなり、甘い痺れが駆け抜ける。

（ダメっ、声、出ちゃいます……隣に梓さんがいるのに……わたしのエッチな喘ぎ声、聞かれちゃう……！）

月乃とすれば、最初は梓が和馬に抱かれる展開が理想だった。その際には月乃がサポートして梓を完全に蕩かせ、言い訳できないレベルで痴態を晒させたあとで、自分も肉欲に溺れる流れを考えていたのだ。

「月乃ちゃん、敏感なんだ」

けれど、現在の状況は完全に正反対だ。乳房を愛撫されて喘ぐ月乃を、梓が興味津々の表情で見つめている。そこに嫉妬や嫌悪が感じられないのは幸いだったが、だからといって月乃の羞恥が減じられるわけでもない。

「ああ、最初は軽口とか憎まれ口をたたいてるんだが、すぐに快感に流されて可愛くなるんだ、月乃は」

「へえ。月乃ちゃんが快感に負けちゃうところ、早く見たいです……！」

嫉妬どころか、さらに関心を強めた梓が期待と興奮に瞳を輝かせる。

（エッチに関してはわたしも普通ではないと自覚してますけど、梓さんも大概なのでは!?　類友ですか、同じ穴のムジナですか、わたしたちっ）

メイドとしての月乃にとって梓のこの反応はありがたいが、女としての月乃にしてみると、ただただ恥ずかしいだけだ。

「すぐに見られるぞ、こいつのとろっとろの姿。胸も敏感だが、こっちはそれ以上なんだ」

そんな姪の羞恥や困惑など知らず、主である叔父は乳房に続いて、股間への責めを開始した。ショーツが脱がされ、股を開かされ、隠すもののなくなった秘所に和馬が顔を埋め、クンニリングスをしかけてくる。

「はあぁぁっ！　あっ、い、いきなりぃ……ま、待ってください、ご主人様、がっつきすぎぃ！」

自分たちにしてもらったダブルフェラチオのお返しのつもりなのか、いつも以上にねちっこい舌の蠢きに、月乃の秘唇はあっさりと屈服する。

(ダメ、ダメ、ダメーっ！　イッちゃいます、横に梓さんがいるのに、クンニアクメしちゃう……わたしのイキ顔、ご主人様以外に初めて見られちゃう……ッ)

ひくつく膣口を指先で軽くほじられ、包皮を剝かれたクリトリスにキスをされた刹那、月乃は早くも最初の絶頂を迎えてしまう。

「ンッ……くひっ……んうぅぅ……ッ！」

「月乃ちゃん、イッたの？　もう？」

喘ぎ声こそある程度は堪えたものの、涙を滲ませ、腰を浮かした姿を晒しては、さすがに言い繕えない。

「……は、はい。イキ、ました。ご主人様の老獪《ろうかい》で執拗でねちっこい、いかにも中年らしいクンニ責めに、完敗しました」

和馬を揶揄《やゆ》するセリフは、同性にアクメを告げる恥ずかしさを少しでもごまかすためだ。

「月乃の本気イキはこんなもんじゃないぞ、梓。イヤミも言えなくなって、可愛い顔と声でしがみついてくるからな」

「ご、ご主人様はデリカシーが欠如してますっ。梓さんの前で他の女をかわっ、可愛いなどと褒めるとか、なにを考えてるんです!?」

和馬をなじったのは、半分は可愛いと褒められたことへの照れ隠しだが、残り半分は、梓を気遣ってのものだ。

「月乃ちゃんなら、私は別に気にしないけど」

しかし、そんな少女の気遣いをよそに、当の本人はなんでもないように言う。もしかしたら、梓はあまり和馬に執着がないのかと不安になったが、そうではなかった。

「月乃ちゃん、だけですよ？　私と月乃ちゃん以外の女の子を褒めたりなんて、しませんよね、和馬さん？　ね？」

布団に寝たままの巫女が、にこやかな、けれどやたらと威圧感のある笑みを和馬に向ける。隣にいる月乃が一瞬、ぞくりとするほどの迫力だった。

（あ。逆だ。梓さん、ご主人様への執着心が凄い。もの凄い。……だからわたしとの共存を選んだんですね）

普通に考えれば、自分の恋人に他の女が近づくのは面白くないはずだ。にもかかわらず、梓が月乃の存在を排除せず、かつ、ともに和馬を愛することを認めたのは、なりふりかまわず、恋人を引き留めたかったためだろう。

（自分一人だと、捨てられてしまうかもしれない。でも、わたしと二人がかりならご主人様を確保しつづけられるって考えたんですね）

恋人はおろか、友人らしい友人もいない人生を送ってきた梓にとって、和馬は絶対に喪いたくない存在なのだと、月乃は改めて知った。同時に、梓は自分も友人として確保したいと思ってくれているのかも、とも考える。

（もうそうなら、凄く光栄で、とても嬉しいです）

まるでこちらの心を読んだようなタイミングで、繋いでいた手がきゅっと強く握られた。

「大丈夫です。ご主人様が可愛いだの綺麗だの好きだの愛してるだの褒めてくださる女は、わたしたち二人だけです。……ですよね、ご主人様？」

今度は、月乃がにっこりと和馬に微笑みかける。

「あ、ああ。もちろんだ。俺が惚れてる女は梓と月乃、二人だけだ。この先も、ずっとな」

恋人と姪からの笑顔の脅迫に、和馬は若干頬を引き攣《つ》らせつつも、力強く頷いてくれた。

「その言葉、忘れないでくださ、あっ、ご主人様、話はまだ……あぁ！」

恥ずかしいセリフを言わされた仕返しか、和馬がいきなり月乃の両膝をM字形に開き、怒張を秘口に押しつけてきた。先程の絶頂で充分に潤った狭洞に、赤黒い亀頭が潜りこむ。

「言ったはずだぞ、お前のとろっとろの顔を梓に見せるってな」

「あっ、ダメ、待ってくだひゃっ、はあぁーっ！」

心よりも先に準備が整っていた濡れ穴を、逞しいモノが貫く。夜伽と称して何度も可愛がってもらった女体は、新たな秘蜜を分泌しながらペニスを嬉々《きき》として受け入れる。

（あんっ、やっぱり凄い……ご主人様のオチ×ポ様、気持ちイイ……ッ）

挿入で痛かったのは、破瓜のあの一瞬だけだった。あれ以降は回数を重ねるたびに快楽が増し、今では膣でも深いエクスタシーに至れるまでになっている。

「んっ、んっ、んんんっ……い、いきなりこんな奥にぃ……はあぁ、ご主人様、鬼畜ですぅ……」

いつもであれば、ここで快楽のまま和馬に甘えるところなのだが、今夜は隣に梓がいるぶん、やはり戸惑いもあった。大きく脚を開かれたせいで丸見えの結合部を、月乃と握っていないほうの手で隠す。

「隠しちゃダメ。月乃ちゃんが和馬さんと繋がってるところ、もっとちゃんと見せてちょうだい」

けれど、その手は梓によってやんわりと剝がされてしまう。

「他の人のエッチって、こんな感じなんだ……ああ、凄い……ふふっ、月乃ちゃんのヘア、意外と濃いのね」

「あっ、み、見ないでください、梓さんっ」

黒々とした逆デルタの陰毛は、月乃にとってちょっとしたコンプレックスだ。和馬が、このままのほうがいいと言ったので、いっさい処理をしていない。

「やだ、見ちゃう。私はずっと剃ってるから、新鮮」

梓は身体を起こし、月乃の秘所をまじまじとのぞきこんできた。恋人に見られて興奮したのか、和馬がここで本格的に抽送を開始する。

「んひっ！　イヤ、ご主人様、イヤ、イヤ、今はイヤです……あああぁ！」

「お前がそんなふうに恥ずかしがるの、初めてかもな。可愛いぞ、月乃」

梓にもよく見えるよう月乃の両膝をさらに大きく左右に広げた和馬が、回転数を上げてくる。

（こ、このタイミングでまた、可愛いとか……！　ああん、恥ずかしいのに、嬉しくて身体の奥が疼いちゃいますってばぁ……ご主人様の、バカ……ぁ）

ひっくり返されたカエルのごとき格好で、愛しい男に荒々しく穿たれる。そして、そうした姿を同性の友人に視姦される状況に、月乃はすっかり混乱していた。

「はっ、あっ、はっ、はあうぅンン！」

だが、愉悦はそんなことは関係なく流れこんでくる。姪の急所をすっかり把握した叔父は的確に、かつ容赦なく腰を振り、鋭敏な媚粘膜を擦り、女の最深部のリングをこつこつと小突く。

（ご主人様、わたしの弱いところ、知りすぎですっ……ああっ、浅いところとか、子宮近くのお腹側とか、クリの裏とか、月乃の感じるポイントばっかり、いじめすぎぃ……！)

自分だけでは決して知りえなかった女の幸せなスポットを、中年男の禍々しいエラが正確に、ねちっこく狙い撃つ。

「ひっ、ひんっ、ひぃぃんん！　ご主人様、ダメです、ああ、ホントにダメですってばぁ！　はあああぁ！」

自ら3Pを提案し、歳上の梓を積極的にリードしてきた当初の姿が嘘のように月乃は羞じらい、戸惑い、狼狽える。

「月乃ちゃん、こんなふうによがるのね。エッチで可愛い……っ」

逆に梓は、最初のおどおどした様子から一変、身を乗り出して和馬と月乃の行為を凝視していた。

「ああ、見ないでください……梓さん、見ないでぇ……恥ずかしい……アアッ」

ぷるぷると震える乳房やその頂で浅ましく勃起した乳首、濃密な繁み、そして大量の愛液で濡れた秘所が同性の視線に晒される羞恥に、月乃は涙を流す。

「ふふ、嘘ばっかり。月乃ちゃん、本当は悦んでるのよね？　和馬さんに激しくオマ×コ突かれて、私に視姦されて、ぞくぞくしちゃってるんでしょ？」

梓の指摘は、まさに図星だった。恥ずかしいのは事実だが、その何倍もの興奮を月乃は感じていたのだ。月乃本人は気づいていなかったが、愉悦に蕩け、緩みきった顔がなによりの証拠だ。

「ち、違います……えっ⁉ 梓さん、なにを……ヒイイィッ！」

口先だけの言い訳をした直後、新たな衝撃が月乃を襲った。美巫女がとつぜん、女子高生メイドのバストをまさぐってきたのだ。発育途上の十六歳の双つの膨らみが、梓の両手ですっぽりと包まれる。

「月乃ちゃんがいけないのよ？ ただでさえ可愛いのに、そんなイヤらしい声と顔で悦ぶのを見せつけられたら、たまらなくなっちゃう」

（梓さん、すっごくエッチな顔してる……っ）

梓は、月乃が初めて見る、大人の、牝の表情を浮かべていた。まだまだ幼さの残る自分と違い、これから女盛りを迎える三十一歳の色香に、同性にもかかわらず、ドキリとさせらさる。

「ああん、月乃ちゃんのおっぱい、可愛い……柔らかい……そのくせ、先っぽはぴんぴん……」

「ひんっ！ ダメ、梓さん、ダメです……あっ……あは……っ」

さらに身を乗り出してきた梓は、もう、完全に乳房を揉んでいた。乳首をまさぐっていた。オナニーの際に自分で触れるのとも、和馬に愛撫されるのとも明らかに異なるタッチに、メイドの肢体がびくびくと震える。

(ご主人様にされるのと全然違う……くすぐったいような、でも、ぞわぞわするみたいな感じ……っ)

同じ女だからこそ可能な乳責めに、月乃は嬌声を止められない。梓の愛撫だけならばともかく、現在の月乃は、和馬に貫かれているためだ。

「はうっ、あうっ、ふううぅんん！ はひっ、はっ、ひいぃぃん！ 二人がかりは、ずるい、です……あっ、あーっ、あぁーっ!!」

胸と膣という女の急所をそれぞれ、歳上の相手に責められては、月乃に勝機はない。梓の巧みな愛撫と和馬の力強い抽送に、快楽が急速に増してくる。

(梓さんと二人でご主人様にご奉仕するはず、だったのにぃ……ああっ、これじゃ、逆です、わたしがご主人様にイカされちゃう……あっ、あっ、イク、こんなの無理、我慢できませんってばぁ！)

まさかの梓の寝返りの混乱のなか、いよいよその瞬間が近づく。窄まった蜜壷から月乃のアクメを察したのだろう、和馬の突きが変化した。己の射精のためではなく、女を絶頂に導くためのピストンだ。

「やっ、あっ、あっ、イク、イク、イキます、月乃、イッちゃいます！」

和馬の動きに合わせ、梓もまた、胸乳へのタッチを変えてきた。まるでペニスを射精へ追い立てるかのごとき乳首しごきに、メイド少女の声は大きく、高く、甘くなってくる。

「ダメ、ダメです、ホントにイク、イキます、イッちゃいますぅ！　アアァッ、ダメ、イヤ、おっぱいも、オマ×コも、気持ちよすぎますからぁ！　ひっ、ひぃっ、イック……イクイクイク、イッグ……あああぁっ!!」

カチューシャがずれるほど勢いよく全身をよじりながら、月乃はついに女悦に至った。なのに、和馬も梓も責めを緩めてくれない。オルガスムスに痙攣する少女の膣壁を抉り、乳首をねじりつづける。

「ひぃぃっ！　イッた、イキまひたぁ！　あーっ、あぁーっ！」

アクメにアクメを重ねる凄まじさを心と身体に刻まれた月乃は、悲鳴じみた嬌声を響かせた。

（月乃ちゃん、すっごくイヤらしい。いつもはあんなに可愛い女の子なのに、イクと

きは完全に女の……ううん、牝の顔になってた。私も、和馬さんに抱かれてるときはこんな感じなのかしら）

同性の友人の痴態に煽られた梓もまた、強い興奮に包まれていた。女体は淫らに昂り、特にバストトップが切なく疼く。巫女装束の下にはなにも着けていないため、乳首と白衣の裏地が擦れ、甘い痺れが生まれてしまう。

（月乃ちゃんの先っぽ、こりこりしてた。たぶん、今の私の乳首もあれくらい、ううん、もっと硬く勃っちゃってるはず）

今すぐ乳房をまさぐり、浅ましくとがった先端をしごきたい。あるいは愛しい恋人に胸を差し出し、荒々しく揉まれ、乳首を吸われたい。

「和馬さん、次は……私を使ってください」

梓は自ら白衣をはだけ、たわわな乳房を和馬に晒した。まだ絶頂の余韻に震えている月乃の隣で仰向けになり、和馬に寵愛をねだる。月乃と二人で和馬に奉仕するという当初の計画は、すっかり頭から抜け落ちていた。

（月乃ちゃんだけなんて、ずるいです。あなたの恋人は私だってこと、ちゃんと証明してくださいね、和馬さん……っ）

梓の願いは、すぐに叶《かな》えられた。だがそれは、梓の期待や予想とは大きく異なるかたちで、だった。

「え？　和馬、さん？　ちょっと待ってください……まさか……ああっ⁉」

和馬は仰向けになっていた梓を引き起こすと、四つん這いにさせた。これだけならば、ああ、バックでするのかと思うだけだが、その位置が問題だった。

「今夜は二人で俺を愉《たの》しませてくれるんだよな？　男なら一度は夢見るシチュを試させてもらうぞ、梓」

和馬に誘導されたのは、月乃の真上であった。つまり、仰向けの月乃に梓が覆い被さる格好となる。端から見れば、梓が月乃を押し倒しているようにも映るかもしれない。

（こ、このまま、するの？　月乃ちゃんのすぐ目の前で？）

月乃といっしょに和馬に抱かれる。その覚悟はしてきたつもりではあるが、この体勢は想定外だった。もしも梓が身体を支えられなくなった場合、月乃と密着し、抱き合うかたちになってしまう。なにより、距離が近すぎる。

（つ、月乃ちゃんの顔が、すぐそこに……っ）

同性の梓ですら見惚れるほどの美少女が、文字どおりの目と鼻の先にいた。

「……え？　梓、さん？　え……っ？」

その月乃が、梓の存在に気づいた。ようやく、エクスタシーの余韻が落ち着いたらしい。

「……なるほど、理解しました。ご主人様、今回が初めての3Pなのに、いきなり全開で飛ばしますね」

月乃は二度三度と瞬きしたあと、

「承知しました。中年ご主人様の爛《ただ》れた肉欲にお応えするのもメイドの役目。月乃も全力でサポートいたします。存分に梓さんを嬲ってくださいませ」

にやりと微笑み、梓の肩越しに和馬を見た。

(え？ え？ 私、なにされちゃうの？ 普通にバックでされるだけじゃないの？)

月乃の表情とセリフに、月乃は期待と不安を同時に抱く。

「そうだ、せっかくだし、こいつも使うか」

そんな梓をさらに困惑させたのは、和馬が部屋の隅から持ってきた古い鏡だった。

「ご主人様、その鏡はなんです？」

「ここの御神体の一つだよ。初代巫女が愛用してたやつみたいだ」

もちろん梓はこの鏡も、和馬が文献で謂《いわ》れを調べていることも知っている。しかし、なぜ今これが出てきたのかがまったくわからない。

「どうだ、梓。すっかり綺麗になっただろ。頑張って修繕したんだ」

「え？　はい、確かに綺麗に……あぁっ⁉」

顔を上げ、枕元に置かれた鏡を見た瞬間に梓は理解した。和馬がどのようにして自分を責め、嬲り、辱めるつもりなのかを。そして、恋人の企みを察した梓はぞくぞくと昂った。

「ご主人様、最初からこれを狙ってたんですか？」

「いや、さっき思いついたんだ。梓はこういうのが好きそうだな、とは感じてたし。……じゃあ、そろそろ始めるぞ、梓」

淫らな期待に火照った女体に、和馬の手が伸びてきた。緋袴をばさりと捲られ、なにも穿いていない股間が露にされる。

（み、見られてる……私のあそこ、絶対に濡れちゃってるのに……ぃ）

己の秘裂がどれほど潤んでいるかは、見なくともわかった。触れなくとも、二枚の肉唇が浅ましく蠢いているのをはっきりと感じる。膣口が物欲しげにひくつき、そのたびに愛液が分泌されていることも。

（あっ、来た……オチ×ポ、来たぁ……！）

そこに、待望の剛直があてがわれた。粘膜同士の接触にぶるりと肩を震わせた直後、硬い鈴口が梓をじわじわと貫いてくる。己の屹立《きつりつ》を媚肉に馴染ませると同時に、淫欲に焦がれた女体を焦らす、そんな挿入だった。

「ご主人様らしい、ねちねちとした、実に意地の悪いハメ方ですね。見ているこっちまでむらむらしそうです」

梓と和馬の結合部分を凝視していた月乃が、ほうと熱い息を吐きながら言う。細い腰が僅かに左右に揺れはじめたのは、目の前で始まった行為に当てられたせいだろう。

「あ、あんまり見ないで、月乃ちゃん……ンッ……ンンッ」

同性の視線に耐えられなくなった梓が目を瞑ったそのとき、ついに牡竿が根元まで埋まった。禍々しいほどに膨張した亀頭を子宮で感じた瞬間、浅いアクメに至る。

(アァァ！　挿れられただけなのに、もうイッちゃったぁ……恥ずかしいのに、気持ちイイよぉ……)

このまま始まるであろうピストンを期待して待つが、和馬に動きはない。代わりに、残酷で甘美な命令が下された。

「梓、ちゃんと目を開けて。月乃と鏡をしっかり見るんだ」

ふだんの優しい和馬とは違う、有無を言わせぬ口調と声に、梓は逆らえない。いな、そもそも逆らうつもりはなかった。

「は、はい……あぁ！」

好きな男に命じられる被虐の昂りに、羞恥の滾りが加わった。

（わた、私、こんなイヤらしい顔してるんだ……っ）

蔵で見つけたときは汚れきっていた円鏡に、今はくっきりと、淫らに蕩けた牝が映し出されていた。あまりに浅ましい己の姿から目を逸らした先では、

「うふふ、梓さんって、ご主人様の前ではこういうお顔で喘ぐんですね。すっごくエッチで、卑猥です」

月乃がくすくすと妖しい笑みを浮かべていた。自分よりずっと歳下の同性に痴態を見られる恥ずかしさに、全身がかあっと熱くなる。

「イヤっ、月乃ちゃん、見ないで……！」

「嘘ですね。梓さん、ホントはわたしやご主人様に見られたいくせに」

「そ、そんなこと」

「ふふ、こぉんなにとろっとろのお顔晒しておいて、今さら無駄ですよ。どうせ、ご主人様の逞しいオチ×チンを思いきり締めつけてるんでしょうし」

美少女の口から飛び出した淫猥なセリフは、完全に図星だった。

「ああ、凄いぞ、梓のオマ×コ。キツすぎて、動くのに苦労するくらいだ」

姪の指摘の正しさを、叔父が認める。否定しても無駄とばかりに、大きく腰を使って膣道を抉ってくるのが、少しばかり憎たらしい。

「ああ！　い、言わないでくださいぃ……ち、違うんです、本当に私、恥ずかしくてぇ……ひんっ！」

あまりの恥辱に涙を流す巫女に対し、和馬は容赦なくペニスを突きこんできた。腰をがっちりと握り、力強い抽送で蜜壺を穿つ。

「ご主人様のオチ×ポ、素敵ですよね？　出っ張ったエラで、ごりごり削られると、ぞわぞわってしますよね？」

ついさっきまで同じ肉棒で貫かれていた月乃が、梓の喘ぎ顔を視姦しながら言う。言語化されたせいでさらに剛直が意識され、愉悦が増す。

「それに、オマ×コの奥をいじめられると、ここがきゅうんってなりませんか？」

「はあうぅ!?　やっ、ダメ、月乃ちゃん……はあぁん！」

月乃の手が、ぐっ、ぐっと、梓の下腹を押してきた。その奥にある女の最も神聖な器官、子宮を強く意識させられる。

（月乃ちゃん、意地悪ぅ……女が、好きな人に抱かれると、どうしたってそこが切なくなるって、自分だってわかってるくせにぃ！）

腹の上から圧迫されることで、自分の中に入っている男根が否応《いやおう》なく強調される。意識がそこに向かえば、とうぜん快楽も増幅されてしまう。

「ああ、梓さんのアヘ顔、エロ可愛いですぅ……見てるこっちまでたまんなくなっちゃうじゃないですかぁ」

興奮した月乃は、続いて両手で梓の乳房を揉みはじめた。白衣からこぼれた豊乳を、細い指が巧みに、かつ、ねちっこく愛撫してくる。

「うわ、実際に触ると、想像以上に大きいんですね。わたしのおっぱいとは全然違います。なんです、これ。なにを食べたらこうなります？　羨ましいし妬ましいです」

口調はどこかおどけているが、表情は真剣だ。たわわな柔房を左右交互に、たぷたぷと玩《もてあそ》んでくる。

「あっ、あんっ、ダメよ、ダメ……おっぱい、そんなにいじめないでぇ……ああっ、やめて、月乃ちゃん……ひぃん！」

女の象徴であるバストを、同じ女にいじられる。これだけでも充分につらいというのに、現在の梓は、和馬に荒々しく貫かれてもいるのだ。前後を姪と叔父に挟まれ、嬲られ、蕩かされる背徳的かつ官能的な状況に、梓はますます乱される。

（和馬さん、いつもよりずっと激しい……オチ×チンも硬い……！　あっ、あっ、ずるい、叔父さんと姪っ子、二人して私をいじめるなんて、卑怯ですよお！）

血が繋がっていないとは思えないくらいに息の合った責めだ。一瞬たりとも梓を休ませない、常に快感を与えつづけようとする、リズミカルで巧妙なコンビ攻撃に、梓は急速に昇りつめていく。

「イッ、イク、イキますっ！　あっ、あっ、イヤ、もぉイク、イクのぉ！　ああっ、あーっ、あーっ、あぁーっ!!」

月乃に乳首をしごかれ、和馬に蜜洞を穿たれながら、梓は絶頂を迎える。けれど、二人は止まらない。止まってくれない。むしろ、さらに容赦なく女体を貪ってくる。

（イッてるのに、今、思いきりイッてる最中なのにぃ！　ああっ、そんなに突かれたら、オマ×コ、おかしくなります、乳首しこしこされたら、どうにかなっちゃうってばぁ！）

オルガスムスに達し敏感になっている女体を、前後から同時に追い立てられる。それは、限りなく苦痛に近似した、鮮烈すぎる法悦だった。和馬に穿たれた膣は真っ白な本気汁をこぼし、月乃にねじられた乳首は、今にもミルクを分泌しそうほどに膨らんでいた。

「はうぅっ、あうっ、はうぅっ、イグ、イッでる、思いきりイッてりゅのにぃっ！

ヒィーッ、ヒッ、ヒイイィッ!!」

強すぎる快楽に、嬌声は悲鳴にも似てくる。だが、梓が本心では悦んでいることは、その蕩け落ちた顔がなによりも雄弁に物語っている。

「うふふ、泣いちゃうくらいに嬉しいんです？　いいんですか、巫女さんが神聖な境内で、こぉんなエロ顔見せちゃって？」

先程の仕返しとばかりに、執拗に胸乳を揉みしだきつつ、月乃がじっと顔を視姦している。恥ずかしくて逃げ出したくなるほどにつらいのに、辱められる悦びが止まらない。

(ひどいよぉ……月乃ちゃんがこんなに意地悪な女の子だったなんて……ああん、でも、でも気持ちイイ……恥ずかしいのがぞくぞくしちゃう……ぅ)

被虐の興奮に、勝手に尻が揺れはじめていた。和馬のピストンに合わせて腰を動かし、この硬く、大きく、逞しい怒張を膣の一番奥まで呑みこもうとする。それはまさに女の、牝の本能による反応だった。

「おお!?　ま、また締めつけが増したぞ!?」

背後から聞こえる和馬の反応が嬉しい。

(あなたのせいですよ、和馬さんのオチ×ポが素敵すぎるせいで、私のオマ×コも、こんなにエッチになっちゃうんです。あなたしか知らない、あなたが開けてくれた梓のオマ×コで、いっぱいいっぱい気持ちよくなってくださいね……！）

好きな男を自分の身体で悦ばせる。その充実感も、快楽を増幅させてくれた。

（あっ、あっ、また来そう、またイキそう……！　もう、ずっとイキっぱなしになっちゃうのぉ！）

連続して迫るアクメを察知したそのとき、梓の視界に入るものがあった。月乃によって向きを調節された、上呼神社の御神体、円鏡だった。そこに映し出された自身の姿に、梓は呼吸が止まる。

「……ッ！」

汗と涙と涎まみれの、だらしなく緩んだ顔。

卑猥に揺れる豊乳と、メイドに嬲られて浅ましく勃起した乳首。

動物の交尾と同じ格好で淫らに揺れる尻。

「あ……ああ……あああああ……ッ!!」

一匹の淫獣と化した己の卑しさに、梓は絶望した。この神社に祀られた初代巫女が愛用していた鏡に、子孫である自分のあられもない姿を映す。それは絶対に許されない冒瀆《ぼうとく》行為だ。

（私、私……！）

神聖な巫女装束に身を包んだまま、境内で、御神体の前で淫らな3Pに耽る。その想像を絶する背徳、不徳、悪徳の行為は、しかし、だからこそ梓のマゾヒズムをかき立て、女体を燃えあがらせた。

「ひっ、ひっ、ひぃん！　らめっ、見ないれっ、ああっ、ごめんなひゃいっ、巫女なのに、こんな、こんなぁ……アァァッ、ダメ、イク、ダメらのにまたイグぅ！　アッ、アッ、アーッ!!」

ご先祖様に謝罪をしながら、それでも梓は肉悦への渇望を止められない。視線を鏡から逸らすことも、和馬のペニスを貪るための尻振りも止められない。

「梓さん、完全にスイッチ入りましたね。素敵です。綺麗です。見てるこっちまでイッちゃいそうです……っ」

そんな発情巫女の乱れっぷりに、月乃も、そして和馬も巻きこまれる。

「見るぞ、全部見てるぞ、梓。涎を垂らした顔も、揺れる乳も、ぐちょぐちょのマ×コも、ひくつくアヌスも、全部見てるからなっ」

「ひぃぃッ!!」

抽送のギアを上げた和馬の言葉責めに、梓は震える。

（か、和馬さんに見られてる、私のはしたない姿を全部……お尻の穴まで、全部……ッ）

かつて、巫女として純潔を守るためにセックスの代替として使いつづけてきたもう一つの牝穴が、物欲しげに蠢くのがはっきりとわかった。

「らめ、らめぇ……梓のあにゅす、見ちゃイヤぁ……ああっ、もっ、無理、イク、イクの、梓、果てます、イク、巫女らのに、オマ×コでイク、イグ、イック……！」

鏡の中の自分に向かって言い聞かせるようにオルガスムスを告げた、その瞬間だった。

「いいぞ、イケ、梓っ！」

「ほひィッ!? んああっ、そんらっ……あひっ、ひいいイイィッ!!」

目前まで絶頂が迫っていた梓の肛門に、和馬の指が二本、同時にねじこまれた。

「ぐうぅっ……！」

「ヒッ……熱い……ッ」

さらに追い撃ちで、和馬が子宮めがけて大量のザーメンを発射する。月乃に胸を嬲られ、和馬に蜜壺とアヌスを抉られたマゾ巫女にとって、これは完全にとどめの一撃だった。

「イグッ……梓、イキます……前と後ろでイクッ……アアァァッ、らめっ、イク、イッでりゅっ、イクイクイクイグイグ、イッグぅうウゥゥッ!!」

膣道と直腸で勃起と指をみちみちと締めあげ、涎を月乃の顔にだらだらと垂れ流しながら、梓は三十一年間の人生で最も甘く、高く、深く、淫らで浅ましいエクスタシーを迎えた。

(もっ、死ぬ……気持ちよすぎて死んじゃうぅ!!)

前後の蕩け穴をほじられ、種つけをされ、同性に乳を嬲られる痴態を御神体に晒したまま、黒髪の巫女は壮絶な牝悦を極めた。


巫女とメイドが初めて手を組んだ3P夜伽は、結局、梓と月乃、それぞれが二度ずつエクスタシーの沼に沈むまで続けられた。最後のほうは三人とも意識が朦朧《もうろう》とし、記憶が怪しくなるほどの激しさだった。

(あれはご先祖様の……初代様の鏡?)

精も根も尽き果て、気絶するように眠ってしまった梓はこの夜、夢を見た。いつも見る未来のビジョンとよく似た、けれどそれとは明らかに異なる夢だった。

(鏡に、誰か映ってる。私……ううん、私じゃない、別の巫女だわ)

今宵、自分の痴態をさんざん映した円鏡に、見知らぬ、美しい黒髪の巫女がいた。

大好きだった祖母にどこか面影が似ている巫女が、鏡の中で唇を動かす。

『…………』

声は聞こえない。なのに、言葉ははっきりと梓に伝わった。

（そ、そうだったんですか!? わかりました初代様、ありがとうございます……！）

梓もまた、言葉ではなく、想いで感謝の念を返す。

（私、この神社の巫女で幸せです。絶対に、絶対に、ここを守っていきます……大好きな二人といっしょに）

第五章　御神体と随喜の涙

真夏に入ると、上呼神社の復興計画はいっそう加速した。率先してアイディアを出し、企画を立てた月乃が、次々とそれらを実行しはじめたためだ。

「わたしには二つの夢があります。一つは、メイドになって末永くお仕えして、大好きなおじさまの最後を看取ること」

「前にも言ったが、看取られる側としたら微妙に喜びづらい夢だよな、それ。……もう一つは？」

「なにかの組織とか団体とかを、背後から支配してみたいと、ずっと思ってたんです、わたし」

十六歳の可愛らしい美少女メイドが、にっこりと爽やかな笑みを浮かべながら、そうとうに腹黒い夢を口にした。

「表ではご主人様に従順、裏では糸を引くメイドって、クールで素敵だと思いませんか？」

「心の闇を感じさせる夢だな……」

「わたしが心に闇を抱えてるのは、救ってくれたご主人様が一番よくご存じでは？おかげさまで、こうして立派なメイドに育ちました」

月乃はわざわざ立ちあがると、居間の畳の上でくるりと一回転をしてみせる。以前にも見たメイドターンだった。夏用の新しいエプロンドレスのスカートが持ちあがり、真っ白な太腿がちらりと見えた。

「いかがです、このおニューのメイド服。梓お姉様と二人で、中年オヤジ……いえ、ご主人様が気に入ってくださるようなデザインを考えたんですよ？」

初めて三人でして以降、月乃は梓をお姉様、と呼んでいる。当初、梓は照れくさいからと固辞したものの、「だったらお嬢様にします」という月乃の駆け引きに屈し、現在に至る。

「さらっと悪口言うのやめろよ。中年オヤジなのは事実だけどさ」

「いいじゃないですか。わたし、若い男なんてまったく興味ありません。梓お姉様もそうですよね？」

再び座布団に正坐をした月乃が、隣の梓に同意を求める。

「はい。私も、和馬さん一筋です」

見慣れた巫女姿の梓が、きっぱりと言いきる。美女にまっすぐ見つめられながら告白される照れくささに、和馬の視線が宙を泳ぐ。

「ホントは、お姉様の巫女服もいっしょに新調するつもりだったんですけどね」

「だって月乃ちゃんが選ぶデザイン、恥ずかしいんだもの。私、三十一よ？　若くないのよ？」

「あー、月乃好みのデザインかー」

和馬の脳裏に、以前、梓が着てくれた、愛らしくもセクシーなミニスカ巫女装束が甦る。

「俺としたら、充分にアリだと思うんだが……」

もう一度、あの姿を見てみたい下心で提案してみたが、

「イヤです。無理です」

梓にしては珍しく、強い口調できっぱりと拒絶された。が、すぐに小さな声で、

「か、和馬さんがどうしても、と言うのでしたら、二人きりのときに、また……その……見せてあげてもいいとは、思わないでもないです……」

と続けてくれたので、和馬にはなんの不満もなかった。

「いけません、ご主人様、お姉様」

逆に、露骨に不満を表明したのは月乃だ。

「お二人にはもう、わたし抜きで愛し合う自由は存在しません。メイドは常にお側にいますこと、ゆめゆめ忘れませぬよう」

「面倒なメイドだな、おい」

「大丈夫よ、月乃ちゃんを仲間外れになんてしないわ。でも……あの格好はやっぱり恥ずかしいから、見せるのはちょっと……」

「ご安心ください、ご主人様が言ったとおり、あの服は梓お姉様にとても似合ってます。個人的には太腿だけでなく、もっとバストを強調するデザインにしたいところですが。たとえば、こんなふうに」

そう言って、月乃は軽く前屈《まえかが》みになった。今回の夏期仕様エプロンドレスは胸元が大きく開いているため、月乃の谷間がはっきりと見えてしまう。

「いかがです、ご主人様。お姉様にはまだまだ遠く及びませんが、またさらに育ったんですよ、月乃のおっぱい。丹念に揉みしだいてくれたご主人様のおかげですね」

月乃は自分の胸を両手でたぷたぷと揺らす。

「ふ、普通に成長期だから、だろ」

「別に目を逸らさなくてもいいのに。……わたしのと違ってお姉様のおっぱいは見事な大きさですので、きっと映えると思うんです」

「月乃ちゃん、和馬さんが目の遣り場に困ってるわよ。……そもそも、巫女に映え要素なんていらないでしょう？」

「いります」

月乃は、梓のセリフに被せ気味に言った。

「この上呼神社を再興するには、目玉が必要です。いくらご主人様が頑張って境内を綺麗に修繕しても、それだけでは直接の集客には繋がりません」

「つまりお前は梓を、美人巫女を前面に押し出したい、と？」

「び、美人だなんて、そんな」

和馬に褒められた梓が、赤くなった頰を両手で押さえながら照れる。

「この神社の特徴は、巫女を祀っている点です。他との差別化をするなら、やはりここを強調すべきでしょう」

「それは俺も同感だ。だから文献を漁《あさ》って、あれこれ調べまくってんだ」

「もちろん、そういった方面の充実は必須です。ここが誰を祀って、どんな歴史があって、どんなご利益があるかは、絶対に必要な情報ですから」

「つまり、まずはここの特殊性である巫女を広く、強く、わかりやすくアピールするためには、梓は絶好の存在というわけだな」

姪の狙いを理解した叔父は目を瞑り、しばし考える。そして、

「……アリ、だな」

「うふふ、ご主人様ならきっとわかってくれると信じてました」

右手を差し出し、月乃と固い握手を交わす。

「ちょっと待ってください、なに勝手に二人だけで話を進めてるんですか!? 私だけ除《の》け者にしてませんか!?」

「除け者だなんて、まさか。むしろ、お姉様が中心です。お姉様ありきの、上呼神社再興なんですよ？」

不安の色を隠せない巫女にメイドが向けたのは、誰がどう見ても、なにか悪巧みをしている、そんな邪な笑顔であった。

自らリーダーに立候補した月乃に引っ張られるように、神社復興計画はさらに進んでいた。週の半分ほどを派遣社員として働いていた梓が、

『巫女は巫女らしく、ずっと神社にいてくれませんと困ります』

月乃のこの希望に従い、巫女に専念してくれたことも大きかった。

「参拝客、ちょっとずつ増えてきたな」

「はい。全部、和馬さんと月乃ちゃんのおかげですね」

遠方からやってきたという若い男女にお守りを授け終えた梓が、嬉しそうに笑う。

「俺はともかく、月乃の活躍は大きいな」

月乃はまず筆頭氏子である父に頼み、寄付金の増額を要請した。仕事を辞めた梓への穴埋めのためだが、これはあっさりと通った。元々梓の熱心な信者であるうえ、愛娘《まなむすめ》の一学期の成績が非常によかったのも影響しているだろう。

「でも、やっぱりまだ恥ずかしいです」

次に月乃は、梓の一日のスケジュールを作成した。できる限り境内にいて、参拝客の目につくようにするのが狙いだった。ネットでの情報発信の効果もあった。

「この写真や動画見たら、美人巫女さんに会いに行きたくなる気持ちはわかる」

「うう、本人の横で見るの、やめてください」

梓への写真撮影はすべて禁止にする一方、神社の公式サイトやアカウントでは、積極的に画像や動画をアップしていく。あくまでも境内の様子を撮影している体だが、実際は巫女である梓の魅力を引き出すための構図や演出になっていた。

『安心してください。わたしも協力します』

さらに月乃は、自らも神社の宣材となった。参拝客が来たときは巫女の手伝いという名目で、できるだけ梓といっしょに行動したのだ。それも例のメイド姿で、である。

「美人巫女と美少女メイドがいる謎の神社が、秘境……とまではいかないけど、そこそこ交通の便が悪い山中にあるのは、確かに興味をそそられるよなぁ」

しかも月乃は、己の存在を公式ではいっさい出していない。こうすることで、現地でメイドを目撃した参拝客が「なぜか巫女さんといっしょにメイドさんもいた！」などとネットに書きこみ、さらに注目を集められると計算したためだ。

『最初はイロモノ扱いでもなんでもいいんです。まずは注目してもらわなくては、話になりません。注目度が上がれば、この神社の特殊性や独自性に興味を持ってくれる人も自然に増えます。そっちが本命です』

裏で糸を引く謎の実力者的存在に憧れると公言しているメイドの企みは、怖いほど順調だった。

「月乃ちゃん、凄いですよね。この神社を手放さなきゃいけないと絶望してたあの頃が嘘みたいです」

「ああ、月乃は確かに凄い。だけど、あいつ一人の力じゃないぞ。ここまで大したトラブルなくやれたのは、梓の力があればこそだ。それは間違いない」

梓の予知能力は、今も健在だ。ただ梓によれば、悲観的なビジョン以外も見えるようになったらしい。最近はむしろ、望ましい未来を見ることが多いとも言っていた。

『梓お姉様が幸せなビジョンを見たなら、この作戦は間違ってないとわかります。実に便利で、助かります』

「悪い未来ばっかり見せられるよりは、ずっといいさ」

「はい。全部、和馬さんや月乃ちゃん、そして初代様のおかげです」

梓によると、初めて三人でしたあの夜、不思議なビジョンを見たという。この神社に祀られている初代の巫女から、直接話しかけられたそうだ。

「ご本人降臨にも驚かされたが、ご神託の内容がまた凄かったな……」

「まさか、ここが子宝神社だったなんて、びっくりです。私のお祖母ちゃんも知らなかったと思います」

半信半疑で境内の蔵などを改めて調べてみたところ、神託を裏づける文献がいくつも出てきた。また、円鏡以外の御神体も二つ、発見した。これらを見つけられたのは、梓の予知夢のおかげだった。

「でも、展示は無理だなぁ。最初はイロモノ扱いでもいいって月乃は言ってたが、あれらを公表するのは、さすがに……」

「で、ですね」

梓が赤くなって俯いたのには、理由がある。発掘された新たな御神体が、普通ではなかったせいだ。縄と、張形である。

（縄のほうは注連縄と強弁できなくはないが、張形は無理だわ。完全にチ×ポだし。ディルドだし。めっちゃ使ってた形跡あるし）

どちらも、明らかに使用感があった。

（縄とディルドって、完全にSMアイテムじゃん。ずいぶんとエロい子宝神社だったんだな、ここ。俺らにぴったりっちゃぴったりだけど）

展示はできないものの、注連縄も張形も、現在は修繕した祠に円鏡とともに大切に祀ってある。

（あの張形、なーんか俺のチ×ポに形が似てる気がすんだよなあ。梓と月乃にそんなこと聞けないから、確認のしようもないけどさ）

「なんの話をしてるんです、ご主人様、お姉様」

すっかり上呼神社の経営トップとなった女子高生メイドが、カチューシャのフリルやエプロンのリボンを揺らしながら授与所にやってきた。

「月乃か。例の三種の神器のことだよ」

「ああ、そう言うとカッコいいですね。実際は、ただのディルドとSMプレイ用の縄だと思いますけども」

「はうぅっ！」

月乃の容赦ない言葉に、梓が両手を顔で覆う。己の祖先の性的な嗜好を赤裸々にされる羞恥は、和馬にも容易に想像がついた。

「別に恥ずかしがる必要ないです。わたしも梓お姉様に負けないくらい、むっつりのエロ娘ですから」

「はうううぅっ!!」

悪意はないが、追い撃ちでしかない月乃の言葉に、梓は身悶える。

「こら、月乃。あんまり梓をいじめるな」

「誤解です。どうして大好きなお姉様をわたしがいじめるんです？　むしろ、わたしがいじめられたいんですが。たとえば……縄でぎちぎちに縛って身動きできないところを、ディルドでお仕置き……とか」

月乃もまた、顔を上気させながら、ちらちらとこちらに視線を向けている。妖しく潤んだ瞳は、とても高校一年生とは思えないほどの艶めかしさがあった。愛くるしい容姿とメイド服とのギャップに、四十一歳の牡欲が煽られる。

(最近のこいつ、お仕置きとか、妙に匂わせてくんだよな。やっぱり、そっちの気があるのか?)

可愛い姪メイドの淫らな願いを叶える手段を考えつつ、まずは悶絶したままの巫女をどうやって慰めるかに悩む和馬なのだった。

お盆が過ぎた八月下旬、上呼神社では秘密の計画が進行していた。

「よくここまで解読しましたね、ご主人様」

計画の元となった古い記録を見た月乃が、感心した顔で言う。有名進学校に通う優秀な姪に褒められるのは、素直に誇らしかった。

「私には、そもそもなんて書かれてるのかも読めません。和馬さん、凄いです」

月乃の隣に座っていた梓から注がれる尊敬のまなざしも最高に心地よい。

「最近は、昔の文字を解読してくれるアプリもあるんだ。便利な世の中だよな」

和馬はそう言って、スマホを古文書にかざす。完全ではないが、大部分は現代語に翻訳してくれる、非常に強力なアプリだ。もっとも、解読できなかったり、間違っている部分もある。そこは、地道な作業でどうにかするしかなかった。

「いえいえ、ご謙遜《けんそん》を。なにが書かれているかがわかっても、内容を調べたのはご主人様です。そもそも、量が膨大ですし」

「月乃ちゃんの言うとおりです。私なんてここの巫女で子孫なのに、こんなにたくさんの記録があったなんて、全然知りませんでした」

メイドと巫女による称賛はむず痒《がゆ》くもあり、嬉しくもあった。

「はは、ありがとな、二人とも。……でも、いいもんだな。自分の頑張りがちゃんと評価されるってのは」

以前の職場では、和馬の仕事ぶりは正当に評価されたとは言いがたい。みなが敬遠するような仕事を必死にこなしても、評価されるのは他の、要領のいい社員ばかり。

「誰かに褒められるのが久々すぎて、どう反応していいか思い出せないよ」

同僚や部下、取引先にはきちんと和馬を評価してくれる者もいたが、それもごく一部。梓の予知を信じて退職した時点での和馬は、限りなく平社員に近い立場だったのだ。

「ママが言ってました。ご主人様は昔から世渡りが下手すぎると」

「姉さんみたいに好き勝手に生きる人が身内にいるとね、こうなっちゃうんだよ。面倒を放置すると、結局、まわりまわって自分に害が及ぶわけでな……」

「わかります。お互い、苦労しましたね」

血は繋がってない叔父と姪が揃ってため息をつくのを見て、梓が困った顔を浮かべる。どう対応していいかわからないのだろう。

「おっと、話が逸れたな。……で、上呼に伝わる祭の復活計画なんだが、こんな感じでどうだ？」

和馬は恋人たちの前に、企画書を差し出す。様々な資料を調べ、現代事情に合わせたアレンジを加えた、和馬渾身《こんしん》のプランだった。が、

「……ボツ、ですかね」

「……ボツ、ですね」

月乃と梓に、同時にダメ出しをされた。

「わたしの温めてる企画のほうが断然イイです」

「どんなのだよ。言ってみろ。どうせウケ狙いの、おかしな企画なんだろ？」

「おかしな、とは失礼ですね。わたしが考えてるのは、梓さんの美しさとおっぱいと太腿を強調した、完璧な企画です」

「えっ!? 初耳なんだけど!? 私はイヤよ、そんなの！」

妹分の発言に、梓は自分の豊乳を両手で隠しながら、ぶんぶんと首を横に振る。

「おや、意外ですね。誰かに見られて興奮するお姉様なら、きっと気に入ってもらえると思ってたのですが」

「私が見てほしいのは、和馬さんだけ！……あっ」

己の恥ずかしい発言に気づいた梓が、羞じらいに俯く。

「えっと、梓はなんでこの企画、ダメなんだ？」

「祭の内容じゃなくて……人前で舞ったりするのは、ちょっと……」

当代の巫女が、過去の巫女たちに奉納する神楽を祭のメインにと、和馬は考えていた。しかし、その主役たる梓は完全に腰が引けている。

「ご主人様は祭りの復活にばかり気を取られてますが、そもそも時間が圧倒的に足りてないです。たとえやるにしても、来年以降ですよ」

月乃の指摘は、もっともだった。上呼神社で伝承されてきた祭の復活に夢中になって、他がなおざりになっていたと反省する。

「祭そのものはいいアイディアだと思います。ただ、やるなら地元と協力すべきですし、宣伝や根まわしも必要です」

上呼神社の経営トップの正論に、和馬はまったく反論できない。

「そんなに落ちこまないでください、ご主人様。ですから、今年はわたしたちだけでテストすればいいんです。来年に向けての予行演習ですね」

「な、なるほど」

「ただ、内容に関してはいろいろと手を加えさせていただきます。……梓お姉様、ちょっとこちらに」

月乃は梓と二人で部屋の隅に移動し、ごにょごにょとなにかを話しはじめた。

(うっわ、月乃のやつ、絶対によからぬこと考えてる顔してる！　ああ、梓も乗せられてる⁉　悪い予感しかしないぞ、これ……！)

少し前までは、暴走する月乃と、それにブレーキをかける和馬と梓、という構図だった。だが最近は、徐々に梓が月乃サイドに入りつつある気配を感じる。恋人たちの仲がいいのは嬉しい反面、年長者としては不安も禁じえない。

「ご主人様、お待たせしました。打ち合わせ、完了です」

「悪巧みの間違いじゃないのか？……で、どこをどう変えたいんだ？」

警戒しながら、メイドと巫女の変更案を聞く。

「今回はテストケースなので、エンタメ性を排除し、元々の祭をできる限り忠実に再現したいと思います」

「月乃ちゃんの提案に、私も賛成です。やっぱり神事ですし、本来の意図を汲《く》むのは大事であると、上呼神社の正当な後継者として進言いたします」

「いやいやいや！　なんかそれっぽいこと言ってるけどさ！　せっかく俺が空気読んでマイルドにアレンジしたのに、台なしじゃん！」

　子孫繁栄のご利益がある上呼神社の祭には、エロティックな要素が色濃く含まれており、人前で披露するには、だいぶ過激で官能的だ。

「いいじゃないですか、エロ奇祭」

「ち、違います。これはあくまでも神事なんですっ。私は純粋に、巫女としての興味や使命感から、ご先祖様たちの想いを現代に甦らせたいだけでっ」

「お姉様、言い訳すればするだけ逆効果ですよ。……さ、ご主人様、わたしとお姉様との三人だけの、秘密の奇祭、どうします？」

　にやにやと笑うメイドと、期待に瞳を潤ませた巫女のまなざしに、和馬は「わかった」と言うほかはなかった。

「えっ……！」

　秘密の奇祭の二日前の夜、部屋にやってきた月乃と梓を見て、和馬は驚いた。恋人たちの夜這いに対してではない。どちらか、あるいは両方と閨をともにするのはもはや日常であるからだ。

「な、なんで？　どうしたんだ、いったい」

和馬を驚かせたのは、二人の格好だった。

「祭の準備を頑張ったメイドに、ご褒美をくれてもいいと思いません？」

月乃はいつものエプロンドレスではなく、高校の制服を着用していた。登校時と違い、頭部にはカチューシャがある。

「祭の本番を控えて不安しかありません。どうか私に勇気をください、和馬さん」

月乃の隣の梓は、以前、一度だけ見たことのあるミニ丈巫女装束だった。今回は最初からオーバーニーソックスを履いていた。

（おおおお……十六歳のＪＫメイドと三十一歳のミニスカ巫女……なんて素晴らしい光景……っ）

「ふふ、ご主人様の目、とってもイヤらしいです。でも、嬉しいです」

名門私立のシックな制服とメイドの象徴、カチューシャの組み合わせが見事な月乃が艶《あで》やかに微笑めば、

「つ、月乃ちゃんと比べたら、イヤです……っ」

現役女子高生以上に短いスカートからのぞく太腿を手で隠しながら、艶やかな黒髪の美巫女が羞じらいつつも、媚びを含んだまなざしを向けている。

(月乃、エロ可愛いっ。梓、普通にエロいっ)

中年男にとってあまりに眩しすぎるツーショットに、和馬はとっさに言葉が出てこない。が、その無言こそが最高の賛辞だと気づかぬ二人ではなかった。

「わたしたちに見惚れちゃってます？　ハアハアしすぎて、なにも言えないです？」

「そ、そうなんですか？　私、ちゃんと和馬さんに興奮してもらえてますか？」

和室に入った月乃と梓は、座布団の上で固まったままの和馬を挟む。そして身体を寄せ、腕を絡め、胸を押し当ててくる。制服と巫女装束越しに感じる膨らみの柔らかさと反比例するように、和馬のペニスがぐんぐんと硬度を増す。

「反則だろ、それ」

「ここぞってときに使おうと思ってたんです。制服が嫌いな中年オヤジ……いえ、成熟した大人の男性はいないですしね」

「お前、ちょいちょいと俺を貶してくるよな。……まあ、少なくとも俺は嫌いじゃないぞ、うん」

ふだんならば姪の制服姿を見ても劣情など抱かないが、この状況下では話は別だった。

「和馬さん、鼻の下、伸ばしすぎです」

よほどだらしのない顔になっていたのだろう、反対側にいた梓が頰を膨らませつつ、たわわなバストを露骨に押しつけてくる。ヤキモチを焼いてくれる三十一歳への愛おしさに、これまた和馬の頰が緩む。

(なんだ、これ。なんなんだ、これ。最高すぎる。まさか四十すぎて、人生のピークが来るとか、夢みたいだ……！)

しかし、本当の幸せが始まるのは、まさにこれからだった。

「ご主人様、今夜はわたしの、もう一つの処女も犯してください。月乃も、お姉様みたいにお尻でご奉仕したいです」

耳元で囁かれた衝撃のおねだりに、和馬は息を吞む。

「い……いいのか？」

「はい。お尻の大先輩であるお姉様にいろいろ教わって、しっかり準備もしてきました。どうか、この卑しいメイドのアナルバージンを奪ってくださいませ」

ＪＫメイドの淫猥なおねだりを拒む理由など、どこにもありはしなかった。

（アヌスの洗浄は念入りにしたし、自分の指でもほじほじして、だいぶ慣らしてきました。ローションもゴムもある。あとは……わたしの心の準備だけ、ですね）

月乃がアナルセックスに強い興味を抱いたきっかけは、和馬に肛門を指で嬲られ、激しく乱れ、悶え、陶酔した梓を見たためだ。

「月乃ちゃん、こっち」

「はい、お姉様」

事前の打ち合わせどおり、まずは梓が布団に仰向けになり、そこに月乃が四つん這いで覆い被さった。先日、初めて3Pをした際と、上下を逆にした体勢となる。

（お姉様、あのときの仕返しをしたいんですね。いいですけど。わたしとしても、アヌスの大先輩が近くにいてくれると安心ですし）

実の姉のように慕う梓の存在を心強く感じつつ、月乃は自らスカートを捲りあげた。ショーツは穿いてないため、真っ白なヒップが露になる。

「お前、ノーパンだったのか」

「どうせご主人様にすぐに押し倒され、ひん剝かれ、無惨に後ろの処女を散らされるとわかってますので」

自分からもう一つの初めてを奪ってほしいとねだったことなどなかったように言い

ながら、形のよい尻を左右に振る。

「ちなみに、準備は完璧です。どのくらい完璧かといいますと、このままご主人様のオチ×ポをインサートしても大丈夫なほど、あらかじめほぐしてあります」

「えっ、そこまでしたのか？」

「はい。ここに来る前にたっぷりローションを塗りこみ、指でみっちりまさぐってきました。すべて、お尻の大ベテランであるお姉様に根掘り葉掘り聞いた教えのとおりです。あとはご主人様がわたしのお尻を掘ってくださるだけです」

「だ、大ベテランって」

月乃の下にいた梓が、不満げに唇をとがらせる。

「事実じゃないですか」

「それはそうだけど、言い方があるでしょう？　もう、意地悪な月乃ちゃんには、お仕置きよっ。えいっ」

「あぁっ⁉」

梓に鷲づかみにされた尻肉が、ぐいっと左右に広げられた。大好きな叔父に捧げるため、入念に準備をしてきた菊門が曝け出される。これはさすがの月乃も、羞恥に全身が熱くなった。

「これが月乃のアヌス……！」

(あっ、あっ、わたしのお尻の穴が、ご主人様に見られてる……ぅ)

覚悟はしていたが、やはり十六歳の少女にとって、己の排泄腔を好きな異性に晒す羞恥はそうとうなものだった。同時に、見られる興奮もかなり大きい。

「大丈夫よ、和馬さんは慣れてるから。あとは打ち合わせどおりに、ね」

緊張を和らげようと、梓が月乃の耳に口を近づけ、優しく囁く。

「は、はい。……アアッ」

いつの間にか全裸になっていた和馬が、ローションをたっぷりとアヌスに塗布しはじめた。肩越しに背後をのぞくと、和馬のペニスはすでに勃起していた。苦しげに見えるほどの猛々しさだった。

(ご主人様、もうあんなにがちがち……っ。そ、そんなにわたしのお尻の処女が欲しいんです？　月乃の初めてを、また奪いたいんです……？)

好きな男を昂らせている事実は、女にとって強い自信となる。初肛交への不安を期待と興奮がうわまわりはじめた瞬間、いよいよ切っ先が小さな窄みにあてがわれた。

「準備してあるってのを信じるが、もし、つらかったり痛かったら、すぐに言えよ。無理だけはするなよ？　いいな？」

「承知しました、ご主人様。……んっ……んんん……っ」

こんなときでも自分への気遣いを忘れない主に胸を熱くしていると、徐々に亀頭がアヌスにめりこみはじめた。大量に塗られたローションと事前のほぐしが功を奏したらしく、怖れていた痛みはまだ感じない。

「月乃ちゃん、息を吐いて。でも、お尻は力むの。恥ずかしいし怖いだろうけど、そのほうがするっと入るから。私を、ううん、和馬さんを信じて」

「はい……はー、はー、はぁー……ウウウッ」

排便時のように息むのは恥ずかしかったものの、これも梓と練習をしたので、なんとか実践できた。実際にアナルセックスの経験が豊富な梓にいろいろ教えてもらえたのは、月乃にとって僥倖《ぎょうこう》だった。

(大丈夫……お姉様の言葉を信じて、思いきり息む……ああっ!?)

何度かの深呼吸と息みのあと、ずぬりと肛門が貫かれた。最も太いエラ部分が突破した瞬間こそ若干の痛みはあったが、そのあとは驚くほどスムーズだった。

(これもお姉様が言ってたとおりです……す、凄い……わたし、今、ご主人様とお尻で繋がってます……!)

本来は排泄するための器官を、肉棒という異物に穿たれる違和感は凄まじい。けれど、それ以上にアヌスでも和馬と結合できた歓《よろこ》びが月乃を包む。

「入ったぞ、月乃。……ありがとうな、こっちの初めても俺にくれて」

「いいえ、いいえ……ああ、こちらこそありがとうございます、ご主人様ぁ……はあぁ……オチ×ポ、びくびくしてますぅ……凄い……わたしのお尻、ご主人様に犯されてますよぉ……！」

さすがにまだ快感はなかったが、痛みがないだけで充分だった。

「ふふ、これで月乃ちゃんも、お尻でもしちゃう、エッチで変態の仲間入りね」

「お姉様も、ありがとうございます。……お、お姉様!?」

挿入直後はしばらく動かず、直腸が男根に馴染むのを待つ段取りだったはずなのに、梓が計画にない行動に出た。梓が、月乃の胸への愛撫を開始したのだ。制服の上着がはだけられ、ブラを外され、露になった美乳が優しく揉まれる。

「オチ×チン、最初はやっぱり苦しいでしょ？　だから、慣れるまでのあいだ、私が月乃ちゃんを慰めてあげるね」

「へ、平気です……あっ、はあん、ダメ、お姉様ぁ……ひゃんっ！」

身体をよじって逃げたいところだが、和馬に背後から串刺しにされているため、それもままならない。なにより穿たれたばかりのアヌスはまだ過敏で、大きく身体を動かすのは怖かった。

（お姉様、わたしが逃げられないのわかってて……あっ、あっ、先っぽ、そんなふうにいじるのずるいです……ンン……ダメ……気持ちイイ……！）

梓が自分に危害を加えるわけがないと信じている月乃は、すぐに抵抗を断念した。そもそも、梓に女体をまさぐられることは嫌いではない。むしろ、歓迎すべき事態だとも思いはじめた。

「お、お姉様、これ、こないだ、わたしが下からお姉様を可愛がったときの、仕返しです？」

「うふふ、どうかしら？　初めてのお尻で苦しい月乃ちゃんを、少しでも楽にさせてあげたいだけよ？」

（嘘、絶対に嘘です。お姉様、目が本気です。手つきがガチでマジです……っ）

同性による本気の乳房責めに、月乃の肢体は急速に蕩けていく。和馬に揉まれるときとはまた異なる繊細な愉悦に、制服姿の女子高生は切なげに息を吐き、悩ましげに声を漏らし、腰を揺らしてしまう。

「おおお、エロい……エロすぎるだろ、おい」

十六歳のメイドと三十一歳の巫女の背徳的なレズプレイに、和馬がぼそりとつぶやくのが聞こえた。腸内でさらに膨らんだペニスが、和馬の興奮の大きさを如実に伝えている。

「月乃ちゃんの乳首、もう、ぴんぴん。……こっちは、どれくらいかしらね？」

月乃の形のよい膨らみをたっぷりと嬲り終えた梓の次のターゲットは、とうぜん秘所だった。左手でバストをまさぐりつつ、右手を股ぐらに潜らせてくる。

「はうぅンン！　あっ、あっ、お姉様、お姉様ぁン！」

初めてのアヌスへの挿入と、ねっとりとした乳責めに、そこは夥しく潤んでいた。大量の愛液で濡れた花弁が細い指で巧みに撫でられ、包皮を剝かれ、ひくつく膣口を軽くほじられた。

「あっ、ああっ、ダメ、ダメ、あはっ、んあっ、お姉様、お姉様ぁ……っ」

ダメというセリフとは裏腹に、媚びた声が止まらない。乳首に負けず劣らず勃起したクリトリスをつままれ、転がされ、しごかれるたびに嬌声と新たなラブジュースが漏れる。

「どう？　女の子のオチ×チンをいじめられるの、たまらないでしょ？　でも、本当はこっちもいじってほしいのよね？」

そう言って梓は、膣内に指を二本、挿入してきた。和馬の剛直に比べれば細いはずなのに、直腸を穿たれている影響か、とても太く感じられた。

（ああ、まるで、前と後ろ、二本のオチ×ポで突かれてるみたい……ッ）

大好きな二人に挟まれ、両穴をほじられているような錯覚に、月乃は激しく昂った。乳首や陰核を浅ましくとがらせ、白濁しはじめた秘蜜を垂らし、尻をくねらせ、牝欲を滾らせる。

「もっと……もっとしてください……月乃を、めちゃくちゃに犯してください、ご主人様、お姉様……!!」

淫らなおねだりが口を衝《つ》いた刹那、ついに和馬がピストンを開始した。

「ひいぃっ！　ふひっ、ひっ、ひぃぃんんん！　お尻、お尻ィ……!!」

和馬が荒々しくアヌスを突くと、月乃の背中が反り返った。事前の準備や大量のローション、そして焦らず怒張を馴染ませたおかげか、痛がったり、苦しんでいる様子はない。

（よし、これなら……！）

安全を確認した和馬は理性のストッパーを外し、激しく月乃の裏洞を穿つ。制服を纏った可愛い姪の細腰をつかみ、獣欲に任せて牡の杭《くい》を打ちこむ。

「んひっ、ひっ、はっ、はひっ、凄っ……アアァッ、お尻、変です、あぁっ、アヌス、熱いですよおぉ！」

和馬が突くたびに腸内に注入してあったローションが、ぶちゅぶちゅと淫猥な水音とともに押し出されてくる。

「大丈夫、すぐに気持ちよくなるから。お尻で感じられるようになるまでは、こっち、いじってあげる」

月乃の下にいる梓は、さらにねちっこいタッチで梓の女陰を責める。膣内の指の蠢きがペニスにも感じられ、和馬はますます猛った。

（二人がかりで挟み撃ちとか、鬼畜だな、俺たち）

しかし、そんな凶悪なまねをされた月乃は、明らかに悦んでいる。和馬の位置では残念ながら顔は見えないが、ぶるぶると震える美尻や腸襞の蠕動《ぜんどう》、そして蕩けた嬌声がなによりの証拠だ。

「あっ、あっ、あんっ、やっ、はあぁっ、これ、ダメ、お尻、おかしくなるやつぅ……ひうぅゥッ！」

「ふふ、おトイレでしてるときとよく似てるでしょ？　あの気持ちよさがずっとずっと続くの」

アナルセックスの先輩である巫女が、笑顔で蜜壺いじりを加速させた。仲間が増えたことが嬉しいのかもしれない。

「はひっ、ひっ、んんんんっ！　んあぁぁ、こ、怖い、です……こんなの、知らない……アアッ、前と後ろの穴、繋がってるみたいでぇ……ふひぃッ!!」

初体験の肛悦に、月乃が首をぶんぶんと横に振る。そのたびにカチューシャのフリルが揺れるのが、和馬の獣欲を煽る。まるで、イヤがっている姪メイドを無理やり犯しているような錯覚のせいだ。

(可愛い姪っ子に酷いまねしてるって妄想で興奮するとか、俺、最低だろ……！)

自己嫌悪に陥るくせに、欲望は募るばかりだった。叔父の猛々しいピストンに、ますます甘く、艶めかしい嬌声をあげる月乃の痴態も、和馬をさらに増長させる。

「月乃、月乃っ！」

「はあぁぁっ、ご主人様、あっ、あっ、ダメ、ダメです、月乃はもう、もう……アアッ！」

小さな排泄腔が強烈に窄まる。ペニスの根元が痛いほど締めつけられる快楽に煽られた和馬に、回転数を落とす選択肢などなかった。

「和馬さん、凄い……うぅん、羨ましい……いいなぁ、月乃ちゃん」

相手が初めての肛交だと思えないほどの荒々しい抽送を見た梓が、ぼそりとつぶやく。凶悪な腰遣いを受ける月乃を羨ましげに見あげながら、より濃厚な愛撫を繰り出す。

「んひんっ⁉ やっ、やらっ、お姉様、待って……今は、今はぁ……アァァ‼」

後ろの裏門に加え、前の狭洞をほじくられた月乃が、がたがたと痙攣を始めた。四十一歳の怒張と三十一歳の二本の指で同時に嬲るという、極悪な責めだった。

「無理、無理無理無理、こんらの、耐えりゃれないぃ……アッ、アーッ！」

汗と涙と涎まみれになった十六歳が、がくんと崩れ落ちた。四つん這いの姿勢すら維持できなくなるほど、刺激が凄まじいのだろう。

「大丈夫、耐えなくていいの。私の指と和馬さんのオチ×ポに、オマ×コとアヌスにだけ意識を集中して」

そんな月乃をしっかりと受け止め、抱きしめた梓が、妖艶な笑みを浮かべた。

（ん？ 梓？……おおおっ⁉）

とつぜん月乃に唇を重ねた梓を見て、和馬は危うく大声をあげるところだった。自分の恋人たちの女同士のキスに、腸内の剛直が勢いよく跳ねあがる。

「んんっ⁉……んっ……んっ……ちゅむ……くちゅ……んふ……んん……っ」

最初は驚きに身を強張らせた月乃だったが、すぐに梓の唇と舌を受け入れたようだった。

（くっ、俺からだと、二人のキスがよく見えん……！）

美人巫女と美少女メイドの初めてのレズキスを観察できない悔しさをピストンに変える。すっかり性器と化した月乃のアヌスを、容赦なく貫く。念のために追加でローションを結合部に足らし、ラストスパートに入る。

「ふむっ、んむん、ふむぐぅ！　ンンッ、ンーッ、ンンーッ!!」

和馬が腰を突き出すたびに、月乃が喘ぐ。だが、その声は梓の唇によって大半が吸収されてしまう。

（エロい……最高すぎるだろ、レズキスっ）

揺れる月乃の肢体を梓は左手でがっちりと抱きしめ、固定する。右手は、いつの間にか三本に増えた指で膣道をほじっていた。ときおり和馬の脚にかかる熱い飛沫《しぶき》は、梓が噴かせた月乃の潮らしい。

「ぐっ、うっ、ぐぐっ……イク、イク、出すぞ、月乃……ぉ！」

唇と舌を梓に捕らわれている月乃は、言葉を発せられない。代わりに、純白のカチューシャが小さく揺れるのが見えた。キスされたまま、首を縦に振ったのだ。

「おおっ、おっ、オオオオ……!!」

細腰を引き寄せ、腸壁をエラで抉った和馬は、獣のごとき咆哮《ほうこう》とともに、欲望汁を吐き出した。

このあと、「お手本を実地で見せてください、お姉様」と月乃に迫られた三十一歳のミニスカニーソ巫女ともしっかりとアナルセックスをし、幾度も肛悦を極めさせたことは言うまでもない。


翌々日の深夜、上呼神社の境内では半世紀ぶりの神事、秘祭が始まろうとしていた。

「満月が綺麗ですね、和馬さん」

「今夜は快晴予報でよかったです。気温も、ちょうどいい涼しさですね」

「お、来たな。禊は済んだのか?」

神職の服を着た和馬が振り向いた先には、本日の主役である梓と、サポート役の月乃が並んで立っていた。巫女装束とメイド服はふだんと同じなのに、どちらからも凛《りん》とした雰囲気を感じる。

「はい。準備は万端です」

「お姉様にしっかり身を清められちゃいました、わたし」

「ん？　どういう意味だ？」

「ご主人様にはまだ秘密です。どうせすぐにわかりますし」

月乃は、悪戯っぽく目を細める。ここで教えてくれる気はないらしい。

「まあ、いい。まずは祭をしっかりと成功させないとな」

「はい。初代様や代々のご先祖様方に、私たちだけでこの神社をちゃんとやっていけるところをお見せしませんと」

今夜の狙いは、来年以降、祭を一般公開するためのリハーサルに加え、御神体や過去の巫女たちへの感謝を示し、今後の神社復興計画に欠かせない、梓の予知能力の維持を祈願することにあった。

（たぶん、こんなまねしなくても、ここのご先祖様たちは梓をちゃんと見守ってくれるだろうけどな。ま、こういう儀式はやっぱり必要だし）

これ以外にも、目的はあった。それも、そうとうに世俗的なものが。

「よーし、そんじゃ数十年ぶりの儀式、始めるぞ」

（は、始まっちゃった。ああん、覚悟はしてたけど、やっぱりドキドキしちゃう）

上呼神社に秘密裏に受け継がれてきた神事は、まさに秘祭、奇祭と呼ぶに相応しい内容だった。来年以降、一般公開する際は、そうとうソフトにアレンジする必要があるだろう。

（でも、今回だけはできるだけ、ご先祖様と同じ方法でやりたいし）

オリジナルを可能な限り忠実に再現したい。それを強く希望したのは、梓だった。月乃も、即座に同意してくれた。唯一、和馬だけが難色を示したが、どうにか説得した。

（べ、別に、お祭りの内容がエッチだからやりたかったわけじゃないし？　まあ、そういう気持ちがあったことは否定しないけど？）

神事に使われる三種の神器、すなわち円鏡、注連縄、そして男根を模した張形を使った淫靡な儀式を想像し、梓は生唾を飲みこむ。

（うちは子宝神社なの。つまり神聖な行為なの。イヤらしくないのっ）

自分に言い訳をしつつ、まずは神器に捧げる神楽を舞う。演奏はなく、客もたった二人だが、梓には関係なかった。深夜の境内で、星明かりと月光の下、最も大切な人たちに見られながら踊る。これ以上の晴れ舞台はなかった。

「凄くよかった。綺麗で幻想的で、その……最高だった」

「神々しさの中に垣間見《かいまみ》えるエロスが実にエモかったです」

舞いを終えると、梓にとって一番大事な二人が拍手と称賛の言葉で出迎えてくれた。

「ありがとうございます。なんとか、ミスしないで舞えました」

「ご苦労様、梓」

優しく頭を撫でてくれる恋人の大きな手が嬉しい。

「お姉様、安心するのはまだ早いです。さ、次の儀式を始めましょう。ここからが本番ですよ？」

しかし、ほっとできた時間はほんの一瞬だった。月乃が言ったとおり、舞いはこの神事における、ただの序章に過ぎないのだ。

（うぅ、いくら真夜中で、まわりを幕で囲んでるとはいえ、野外でするのはやっぱり恥ずかしい……っ）

今回の儀式のために和馬と月乃が用意してくれたのは、境内の端のスペースだ。シートの上に畳を何畳も敷きつめ、そのまわりに目隠し用の幕を配置した、いわば臨時の野外ステージである。

『神社の入口に加えて、ここの周囲にも監視カメラを新たに設置しておいた。俺たち以外にのぞかれはしないはずだ』

和馬のこの言葉を疑ってはいないし、第三者にのぞかれる心配はほぼ皆無と梓も考えている。けれど、理屈と感情は別なのだ。

（そもそも、お外で、野外でこういうことする自体が……っ）

地面には畳が、周囲には幕がある。しかし屋根はなく、夜空に浮かぶ満月や星々は丸見えだ。頭上や幕の隙間から吹きこむ夜風が、ここが屋外なのだと梓に強く意識させる。

「どうかなさいましたか、お姉様」

儀式のため、円鏡をこちらに向けて設置していた月乃が尋ねる。

「さすがに、ちょっと緊張してきちゃって」

「緊張？　興奮の間違いでは？」

そう言って月乃が、鏡を指さす。

「……！」

そこに映っていたのは、上気した顔の巫女だった。

（ああ、私、興奮、してたんだ。神事にかこつけて、和馬さんや月乃ちゃんの前でイヤらしい行為をする期待で、こんなに浅ましく発情、してたんだ……！）

己の本心を突きつけられたことで、梓は躊躇を吹っきれた。と同時に、無意識に目を逸らしてきた淫らな昂りが一気に女体を包む。

「お姉様の覚悟が決まったみたいです、ご主人様。さあ、一気に縛っちゃってください」

「わかった。キツかったら言ってくれ、梓」

一般的にイメージされるものよりも細くて長い、上呼神社独特の注連縄が、和馬の手によって梓に巻かれていく。

「ン……もっと……もっと強くしても大丈夫です……ううん、強く、キツく縛ってください……あぁぁ！」

月乃は当初「亀甲縛りがいいと思います！」などと言っていたが、素人には難しすぎるため、ただ注連縄を巻きつけただけの縛りだ。だが、巫女装束の上からとはいえ、好きな男に縛られる被虐感に、梓は小鼻を膨らませ、息を荒らげる。

「はあぁ……んん……これ、イイ、かもぉ」

上半身を注連縄で括《くく》られた黒髪の巫女は、ほうと悩ましげに息をつく。羨ましげにこちらを見るメイドの視線に、どこか誇らしくなる。

（三種の神器、残るは……）

円鏡、注連縄と来た最後は張形、つまりは現代で言うところのディルド、疑似ペニスだ。

（じ、自分たちで決めたとはいえ、これはちょっとやりすぎ、かも）

和馬の調べでは、未来を映す円鏡、邪気をはね除けるための注連縄、そして子孫繁栄の象徴としての張形を用いたところまでしかわからなかった。そのため、梓と月乃が勝手に、それもエロティックにアレンジしたのが今回の儀式だ。

（うう、恥ずかしい……でも、ドキドキが止まらない……っ）

もっとも、梓と月乃のアイディアが根も葉もない、というわけではない。他の儀式を調べるとかなり露骨に性をモチーフとした内容になっていたからだ。あるいは、もっと過激だった可能性すらある。

「い、いいんだな、梓？」

畳に両膝をついた梓の前に、和馬が近づく。

「は、はい。遠慮なく、お願いします……ああっ」

袴の中に、張形を握った和馬の手が侵入する。あらかじめローションを塗布された代替男根の狙いは、とうぜん秘部だ。袴の下にはなにも着けてないため、木製のディルドがすぐに膣口に触れる。

「ご主人様、袴、捲っていただけます？　このままだと大事なシーンが撮れません」

記録映像を残す名目でスマホを向けていた月乃の要望に応え、和馬が緋袴を捲りあげた。太腿や女陰に当たる夜気の冷たさと、今、自分が野外で淫らな行為をしている事実に、ぞくぞくとしたものが背中を駆け昇る。

「ああ、ダメ……月乃ちゃん、こんなところ、撮っちゃダメぇ……んんっ、和馬さん、イヤ……あっ、あっ、入るところ、見られちゃう……撮られちゃいますからぁ……あっ……くふ……ッ」

ダメ、イヤと言いつつも、梓は自ら両膝を広げ、張形を受け挿れる体勢になる。

「子宝祈願のための儀式だ、我慢してくれ。……まあ、梓のマ×コは、全然我慢する必要なさそうだけどな」

「ですねえ。これだけびちょびちょなら、ローション、いらなかったんじゃないですか？」

恥ずかしければ恥ずかしいほど梓が昂ると知っている和馬と月乃は、ここぞとばかりに言葉と視線でいじめ、辱めてくれた。和馬はわざと水音が出るように張形を動かし、月乃はレンズだけでなく、円鏡まで梓の股へと向ける。

（あっ、あっ、凄く見られてる……和馬さんと月乃ちゃんに、カメラに鏡……浅ましく濡れた私のオマ×コ、全部視姦されてる……ぅ）

恥辱の興奮にぶるりと肢体を震わせた刹那、ついに偽ペニスが膣内に潜りこんだ。和馬のそれと比べると若干小振りのため、痛みはない。

「あううぅ！　あっ、イヤ……ううっ、ふーっ、ふーっ、ふぅーっ……！」

初めて経験する淫具は、快感と違和感が半々だった。

「うふふ、これだけたっぷり巫女の愛液を吸わせたら、きっとご利益も、凄いでしょう」

月乃の揶揄に、梓は耳を真っ赤にして羞じらう。そのくせ、勝手に腰が揺れはじめるのを止められない。

(だんだん、よくなってきた……ああ、和馬さん、私の弱いポイントばっかり狙ってくるぅ……ああん、ひどい、そこ、弱いんです、私、いつもそこをいじめられて、すぐにイクの、知ってるじゃないですかぁ……あっ……あぁぁっ！)

びくんっ、と女体を震わせ、月乃は人生で初めての淫具アクメを迎えた。

「あ、イキました？　お姉様、今、イッちゃいました？」

「え、ええ……イッたわ。……えっ？」

月乃の問いかけに頷いた直後、梓を貫いていた張形が引き抜かれた。確かに達したとはいえ、ごくごく浅いものだったため、物足りないと狭洞が物欲しげにひくつく。

「注連縄と一体化した巫女の体液を張形に塗りこみ、その様子を鏡に映す……これで儀式は完了だろ？」

「は、はい、そう、ですけど」

このままいじめてもらえると期待していた梓の声に、露骨に失望が滲む。しかし、それは杞憂だった。

「だったら、祭はもうおしまいだ。ここから先は、後夜祭にするぞ」

「わたしたちの場合、こっちがメインですしね」

和馬と月乃が、にやりと笑う。血が繋がっていないはずなのに、こういうときの表情は本当によく似ていて、驚かされる。

「つ、つまり……もう、好きにしていいってこと、ですよね？　巫女としての務めは果たしたってこと、ですよね？」

「ああ。よく頑張ったな、梓。お疲れ様。まずは少し休んで……おおっ？」

労《ねぎら》いを聞き終える前に、梓は和馬を押し倒し、馬乗りになっていた。もう、一秒たりとも我慢できなかったのだ。

「私への一番の労《いたわ》りがなにかなんて、知ってますよね？　お願いです、ニセモノじゃなくて、本物のあなたのオチ×ポで、巫女を、梓を慰めてください……！」

（本気で発情した梓、マジでエロいな。ふだんはおしとやかで楚々とした大和撫子みたいな美女が、野外で、縛られたまま跨ってくるとか、ギャップがエグすぎるだろ）

昼は淑女、夜は娼婦《しょうふ》のように、という言葉があるが、梓はまさにそれだった。艶やかな黒髪が似合う巫女に牝欲剝き出しで迫られるのは、男にしてみればまさに理想だ。妄想の中でしか存在しえないレベルと言っていい。

「和馬さん、早く、早くご褒美を……っ」

だが、腹に感じる心地よい重みは、これがまぎれもなく現実なのだと和馬に教えてくれた。細長い注連縄で白衣の上から縛られた美巫女が、くいくいと腰を前後に振る姿は、あまりにもエロティックだった。

「悪いが、ご褒美はお預けだな」

「え？」

抱いてもらえないと思ったのか、梓が絶望した表情になる。しかし、

「先に、お仕置きだ。俺の目の前で、俺以外のチ×ポ、それも紛い物でイクような節操のない女には、躾が必要だろ？」

和馬のこの宣告に、強張った顔はすぐに期待に蕩けた。

「ああ、ひどいです……あれは和馬さんが、私の弱いところばっかり狙い打ちしたせいなのに……イヤ……お仕置き、怖いです……ぅ」

セリフとはまったく裏腹の反応を示す梓を見あげながら、和馬は手早く袴を脱ぎ、下半身を露出した。むろん、愚息はとっくに完全勃起状態だ。

「ダメ……和馬さんのお仕置き棒、おっきすぎて怖いですよぉ……」

それを見た梓はさっそく腰を浮かし、狭穴へと招き挿れようとする。だが、縛られたせいで手が使えないため、なかなか亀頭が膣口に嵌《は》まらない。和馬の肉棒が反り返りすぎていることも原因だった。

「ご主人様、いつもより逞しいです。四十代とは思えない雄々しさです」

傍らに近づいてきた月乃が、叔父の勃起具合を見て言う。

「んふふ、ディルドに嫉妬して、オチ×ポをイライラさせたんです？　ご主人様、独占欲、強すぎません？」

「う、うるさいぞ、月乃」

みっともない嫉妬を姪に見抜かれた気恥ずかしさをごまかすため、和馬は手でペニスの角度を調節し、梓の秘口に切っ先をあてがった。このまま腰を突きあげ、挿入するつもりだったが、その必要はなかった。

「あああぁっ！」

緊縛巫女が待ちかねたとばかりに腰を落としたせいだ。醜く情けない嫉妬で苛勃《いらだ》ちした牡棒が、梓の蕩け穴を一気に穿つ。膣内に大量に溜まっていた愛液がぶちゅりと噴き出し、和馬の下腹に飛び散る。

「はおおぉ……おっ、おっ、凄ぉいぃ……これ、これ、これぇ……ああぁ、やっぱり本物の、和馬さんのオチ×ポが一番好き……大しゅきぃン……はあァ!!」

梓は感極まった声をあげると、ぐんと仰け反った。みちみちと窄まる媚肉に、男根が締めつけられる。

「挿れただけでイッたんです？　梓お姉様、盛りすぎでは？　気持ちよくなったら、お仕置きになりませんよ？」

月乃はくすくすと笑いながら、梓の背後にまわる。なにをするのかと見ていると、梓の緋袴をがばりと捲りあげた。そして、露になった柔尻を卑猥なタッチで撫ではじめる。

「はうぅ！　つ、月乃ちゃん、ダメ……今、私、イッてるのぉ……敏感になってるから、そんなふうに触らないでぇ……あっ、あっ、ぞわぞわしちゃうぅ……ああん、イヤ、お尻、ダメぇ……ひうぅぅッ!?」

悩ましげに尻を揺すっていた梓が、とつぜん甲高い声をあげた。ただでさえ狭い膣がさらに窄まり、和馬まで「うっ」と呻いてしまう。

「オチ×ポでは全然お仕置きにならないみたいなので、ご主人様の忠実なメイドであるわたしが、代わりに淫乱巫女をしつけてるだけです。うふふ、なるほどなるほど。これがお姉様のアヌスなんですね」

どうやら、月乃が梓の菊穴に指を挿れたらしい。張形に用いたローションを使っているのか、ぶじゅぶじゅと、卑猥な水音も聞こえてくる。

「あっ、あっ、待って……お尻は本当にダメ……ああっ、私、お尻、弱いのよぉ……お願い、汚いから、そんなところ、ほじらないでぇ……ひぃーっ!」

「弱いのよーく知ってます。凄いですね。お姉様はわたしの、アヌスの先生ですし。あ、もうほぐれてきましたよ? 簡単に指が二本、うぅん、三本、入っちゃいました。

これはもう排泄腔ではなくもう一つの性器、まさにケツマ×コですね」

長年の肛門オナニーに加え、和馬を相手にアナルセックスも経験した三十一歳の裏洞は、十六歳の少女の前に、あっさりと屈服した。

「ひんっ! イヤ、イヤ、そんなひどいこと言わないでぇ……ああ、月乃ちゃんの意地悪ぅ……あっ、あっ、ダメっ、指、三本も挿れちゃらめぇぇ!」

251

月乃の指の激しい動きは、和馬にも伝わってきた。膣道のペニスにまで伝わってくるのだから、梓の感じている刺激はそうとうなはずだった。

「挿れちゃいけないのは、どこですか？　ちゃんと言ってくれませんと、わかりませんよ、お姉様」

「お、お尻っ、お尻の穴ぁ……アヌスぅ！　ひぎぃっ！」

緊縛された巫女は男に跨ったまま、悲鳴じみた嬌声をあげる。どうやら、月乃が腸壁を激しく責めているようだ。

「違います。ケツマ×コですよね、お姉様？　さあ、今、わたしにどんなお仕置きされてるか、ご主人様に説明してあげてください」

「ああっ、ケ、ケツマ×コ……私、ケツマ×コをいじられてますぅ！　和馬さんに初めてを奪ってもらった、梓のイヤらしくて卑しいケツマ×コ、月乃ちゃんにほじほじされてるんですぅ！　アッ、アッ、アーッ！」

言葉と指による、心と身体への容赦ない同時攻撃に、マゾ気質の梓はすっかり堕《お》ちていた。

（メイドに責められる巫女とか、最高すぎる……！）

想像を超えた淫らで妖しい光景に我慢しきれず、和馬は腰を突きあげはじめた。両腕で梓の上体を抱き寄せ、どすどすと濡れ穴を抉る。縄で搾り出されたせいで、さらに大きさが強調された乳房が二人のあいだで押しつぶされる。

「はうっ、あうっ、はうぅっ！　やっ、あっ、前と後ろ、いっしょにぃ！　ひっ、ひんっ、凄っ、おっ、おっ、はほおおおっ!!」

「お姉様の喘ぎ声、ケダモノみたいです。両穴責め、そんなにイイんです？」

身体が前に倒れたことで自ら差し出したようなヒップを、月乃が見下ろす。だが、その濡れた瞳はちらちらと和馬にも向けられていた。

（月乃のやつ、Sに目覚めたか？……違うな。あれは演技……いや、俺へのアピール、おねだり、だな）

子供の頃から知っている姪の本心を、叔父はしっかりと見抜く。

「月乃、このまま一気に梓をイカせるぞ。そのあとは、お前の番だ。梓といっしょに、たっぷりしつけてやる。覚悟しておけ」

「……っ！　は、はい、承知しました、ご主人様！　では、これを使いますね！」

歓喜に目を輝かせた月乃が手にしたのは、張形だった。そして、ローションをたっぷりと塗った疑似ペニスを、梓の後門へと向ける。

「な、なにをしてるの、月乃ちゃんっ。ダメ……ダメよ、そんな……二本もなんて無理……あぁっ、イヤぁっ!!」

「嘘ばっかり。ホントは二穴責めされたくてたまんないんですよね？　だってお姉様のケツマ×コ、ひくひくしてますもん。……えいっ」

「ヒィーッ!!」

同性の指でねちっこくほぐされたアヌスは、あっさりと張形を受け入れた。

「そうそう、さっき気づいたんですけど、これ、ご主人様のオチ×ポとそっくりだと思いません？　サイズはひとまわり小さいですが、エラの出っ張りとか反り具合、よく似てますよね？」

（和馬さんのオチ×ポとそっくり？　ああ、言われてみれば確かに……っ）

代々伝わる神器の張形が恋人のペニスと似ていると気づいたときにはもう、梓の裏洞は、完全に穿たれたあとだった。

「はっ、はっ、はひっ、ひっ……イヤ……前と後ろ、同時に、なんてぇ……」

膣には和馬自身が、アヌスには疑似勃起が深々と埋められ、ただ呼吸をするだけでもつらいくらいの圧迫感に襲われる。しかし、その苦しさは決してイヤなものではなかった。それどころか、快楽が次々と押し寄せてくる。

「イメージしてください。今、お姉様はご主人様にオマ×コとケツマ×コ、両方を犯されてるんです。最高だと思いません？」

菊門を張形で嬲っていた月乃が囁く。

（そんなこと言われたら、和馬さんに挟まれてるって想像しちゃう……あぁっ）

淫らな妄想に女体が反応する。本物とニセモノ、両方の剛直を前後の肉穴で締めつけるだけでも、凄まじい愉悦が全身へと広がっていく。だが、腹黒メイドの策略は他にもあった。

「お姉様のアヌス、すっごくうねってます。ご主人様以外のオチ×ポで悦ぶのは、いかがなものかと。本人の前で堂々と浮気するような淫乱には、お仕置きが必要だと思いません？」

張形が和馬のイチモツに似ていると仄《ほの》めかした直後、今度は一転、支離滅裂な言いがかりをつけてくる。

（月乃ちゃん、なにを言ってるの？　私が浮気するわけなんて……あっ。もしかしてこれ、和馬さんへの遠まわしなおねだり？）

梓は気づく。今、自分のアヌスを嬲っている少女の狙いがなんであるかを。そしてそれの正しさを裏づける一撃が、剝き出しの尻に加えられた。

「はあああぁん！」

同性の少女に尻をたたかれたのだと理解した刹那、まずは鋭い痛みと屈辱が、続いて被虐の法悦が全身を襲う。

（た、たたかれたぁ……歳下の女の子に、お尻をぺんぺんされちゃったぁ……！）

もちろん、月乃は本気でたたいてなどいないし、敵意も害意もないと梓は理解している。なにしろ彼女の目的は、次は自分にしてほしいという、主への迂遠なアピールだからだ。おかげで、梓は純然たる快楽に酔いしれることができた。

「はうぅっ！　ゆ、許して、ああ、月乃ちゃん、許して……ヒィッ！」

同じ男を愛した女同士に、言葉は必要なかった。梓が口先だけの懇願を繰り返せば、月乃は尻への平手打ちで応えてくれた。

「はひっ、ひっ、ダメ、あっ、あっ、痛いの、つらいのっ、ああっ、やめて……あうっ！　はうっ！　ひううぅっ!!」

マゾ巫女はメイドの打擲《ちょうちゃく》のたびに甘い悲鳴を漏らし、赤くなってきた尻を振る。

このあいだも月乃は張形で直腸をほじりつづけていたし、和馬もまた、下からのピストンを繰り出している。

（二人とも、完全にわかってる、私がイヤらしいマゾだって……ああっ、ご先祖様に奉納した直後の巫女を嬲るなんて、最低、最低、最低……罰当たりですよぉ……でも……最高ぉ……!!）

月乃はご丁寧に、円鏡が梓の顔を向くように調節していた。そのため、前後の穴を穿たれ、スパンキングされて喜悦に緩んだ己の顔が視界に飛びこんでくる。

「やあぁ、見ないれぇ……こんら、だらしらい顔、見ちゃやらぁ……あひンッ！　アッ、アッ、アァーッ！」

恥辱と痛み、快楽、それらが入り混じり、梓は喘ぎ、身悶え、蕩けた。深夜の野外にもかかわらず噴き出した汗が頬や顎を伝い、和馬へと落ちていく。

「舞っていた梓は最高に美しかったが、今の、だらしないエロ顔も同じくらいに綺麗だぞ」

「はあぁっ、こ、こんらところ、褒めりやれても、嬉しくない、れすぅ……っ」

この言葉が嘘なのは、鏡を見れば一目瞭然《いちもくりようぜん》だった。汗と涙に加え、涎すら垂らしただらしない牝顔を綺麗と言われた喜びに、三十一歳の女体が痙攣を始める。

（イク、こんなの、イクに決まってるぅ！　気持ちよすぎて、頭がおかしくなりそう……！）

秘所とアヌスとヒップ、そして心までも責められ、愛でられた梓は、アクメに向かって昇っていく。愛する男によって開発された二穴の粘膜を蠕動させ、歳下の親友に打擲された尻を激しく上下に揺らし、貪欲に女の頂を目指す。

「お姉様の腰、へこへこしてますよ。そんなにイキたいんです？　今のお姉様、境内で巫女が晒していい顔じゃないですよ？」

メイド少女の揶揄に、円鏡の中の顔が汚辱に歪《ゆが》む。だが、それも一瞬で消え、エクスタシーを欲する、卑しい牝の顔へと戻った。

「イキたいの、イキたい、ああっ、二本のオチ×ポでイカせてぇ！　ああっ、たまんらい、恥ずかしいのも痛いのも、たまんないッ！　はおっ、おっ、イク、イック、もぉ、本当にイクううっ！　ヒイィーッ!!」

和馬に突きあげられた子宮が縦に揺れた直後、神器である張形をぎちぎちと締めあげ、梓はオルガスムスに至った。がちがちと鳴る歯の隙間から涎をこぼし、随喜の涙を流し、イキ潮を噴きながらの、壮絶な牝悦だった。

「梓、俺もイクぞ……くおおッ！」

一瞬遅れて和馬も達した。アクメ中の子宮に容赦なく浴びせかけられる灼熱のザーメンに、マゾ巫女は縛られたままの上半身を大きく仰け反らせる。

「ひぎぃっ!?　らめっ、イッてる、イッてます……アアッ、イッてるオマ×コに中出し、らめえええっ！　ひっ、ひっ、うひぃぃぃっ!!」

それは背後で見ていた月乃が言葉を失うほどに激しく、浅ましく、淫らな、巫女の牝神楽であった。

（さっきのお姉様、凄かったです……わたしもあんなふうにご主人様にいじめられたい……っ）

月乃の密やかではしたない願いは、遠まわしなおねだりをしっかり汲み取ってくれた和馬と梓によって、すぐに叶えられた。

「次は月乃だな」

「せっかくだし、今度は月乃ちゃんにも注連縄をかけてあげてください」

「ああ、そうだった。月乃もこの神社の大事な一員だってこと、初代様たちにちゃんと知らせないとな」

和馬は梓を縛っていた注連縄をほどくと、今度はそれを月乃の上半身にかけてきた。

だが両腕は縛らず、胸を上下から挟むように巻いただけだ。

「月乃、そこの木に手をつけ」

手の自由を奪わなかった理由はすぐにわかった。

（なるほど、ご主人様は立ちバックで月乃を犯すおつもりなんですね）

命じられたとおりに、境内で最も古く、大きく、太い神木に両手を置き、くいっと尻を後ろに突き出した。すぐにメイド服が捲られ、ショーツに包まれた小振りなヒップが外気に晒される。着衣のまま下半身を剝かれるのは、先程の梓といっしょだ。

（あ。ドキドキしてきました。やっぱり、お外というのは全然違いますね）

月乃にとっても初の野外での行為に、胸が高鳴る。緊張や羞恥はあるものの、大半は興奮によるものだった。

（メイド服を半脱ぎで、ご主人様に背後から青姦で貫かれる……はあぁ、なんて素敵なお仕置きプレイ……えっ？）

マニアックな性的嗜好を持つ少女が期待にはあはあと呼吸を乱していたそのとき、予想外の事態が起きた。梓がとつぜん、月乃と神木のあいだに割って入ってきたのだ。そしてその場でしゃがみ、スカートの中に顔を突っこんでくる。

「お姉様？　え？……あっ!?　ご主人、様っ!?　あああぁ！」

梓が無言で月乃のショーツを脱がすと同時に、秘所が太い指でいじられた。

「めちゃくちゃ濡れてるじゃないか。これなら前戯なしでいいな」

指に続いて、さらに太いモノが膣口に押しつけられる。ほんの数分前に梓の膣内に放出した直後とは思えない、禍々しいほどに硬い牡銛だった。

「ご、ご主人様、なんでこんなにご立派、なんです？　中年のくせに、復活、早すぎません？」

「年がいもなくチ×ポ勃たせるほど、お前がエロくて可愛いせいだ」

「……っ！」

耳元で囁かれる愛の言葉に、若く瑞々しい肢体がぶるっと震えた。同時に、悦びで姫溝に新たな愛液が滲む。

「うふふ、月乃ちゃん、今、軽くイッたでしょ？　イヤらしいおツユ、とろって出てきたもの」

「ああ、お姉様、そんなところ見ないでくださいっ……ひゃうん!?」

「うん、すべすべ。剃り残しもなくて、つるつるのオマ×コよ、月乃ちゃん」

儀式の前の禊の際、綺麗に処理したばかりの無毛の恥丘が優しく撫でられた。

「え、パイパンにしたのか？」

「はい。月乃ちゃんの希望で。今まで処理したことがないって言うので、私が剃ってあげたんです。……ぷっくりして可愛いオマ×コよ、月乃ちゃん。ちゅっ」

「はうぅ！」

「そろそろ挿れるぞ、月乃」

一本のヘアも生えていない、まるで小学生の頃に戻ったような肉土手を美しい同性に撫でられ、キスをされ、舐められる。その倒錯した雰囲気にさらに秘蜜を分泌した狭洞が、和馬によって穿たれた。

「あああぁっ！　ダメ、ご主人様、待って、まだ、まだぁ……はうぅん！」

月乃自身の愛液に加え、梓の淫汁をたっぷりと纏ったペニスは、簡単に膣道に侵入した。媚壁を擦られ、一気に子宮口まで制圧された月乃は、甘い声を漏らす。

（イッた……イッちゃいましたよぉ……お外なのにぃ……っ）

初めての青姦オルガスムスの余韻を味わおうとするが、邪魔が入った。月乃の股間に顔を埋めていた梓が、無毛の丘やクリトリスに指や舌を這わせてきたのだ。

「月乃ちゃんのオマ×コ、すっごく気持ちよさそうよ。和馬さんのオチ×ポ、そんなにイイの？　ちゅ、ちゅ、ちゅ……ぺろっ」

「ひんっ！　イヤ、あっ、あっ、今、イッてるところ、なんですぅ……あっ、んっ、やっ、お姉様、ダメ、今は敏感すぎてぇ……ヒィーッ！」

強い刺激から逃れようと腰を引くが、そこには和馬のペニスがあった。怒張をより奥まで招き挿れる格好となり、快感は逆に増してしまう。

「おお、すっげぇうねってるぞ、月乃の中。野外で興奮してるのか？」

（あ、当たり前です、大好きなご主人様にお外で犯されて、お仕置きされて昂らないメイドなんていませんっ！）

この時点ですでに、声すら出せないくらいの愉悦だったが、主と巫女の責めはここからが本番だった。

「俺にそっちの趣味はないつもりだったが……縛られた女ってのは、綺麗で色っぽいもんなんだな」

「あっ、あっ、ああん……ご主人様、イヤ……イヤです、おっぱいの先っちょ、そんなにいじめられたら、月乃は、月乃はぁ……アァァ」

和馬はエプロンドレスから乳房を引っ張り出し、その先端で浅ましくとがった突起を責めてきた。注連縄で挟まれているせいか、乳首がいつもより敏感だ。

（乳首をいじめながら、オマ×コを、子宮をたたくとか、極悪です、鬼畜です、最低で最高です、大好きですぅ……これです、これ、わたしはずっと、こんなふうにおじさんに嬲られたかったんですッ）

両手でバストと勃起乳首を、剛直で膣壁と子宮を蹂躙《じゅうりん》される法悦に、姪メイドの膝ががくがくと揺れる。もはや、神木なしでは立っていられないほどの快楽だ。

「月乃ちゃんのちっちゃな穴を、和馬さんの極悪オチ×ポが出たり入ったり……ああん、羨ましいわ。見てるだけで子宮が疼いちゃう……っ」

しかし、月乃を追い立てるのは和馬だけではない。神木に背中を預け、はしたなく大股を開いた巫女は自らの女陰をまさぐりつつ、月乃の陰核へのクンニ攻撃をしかけてくる。

「ふひっ、ひっ、ひあぁあぁ！　くあっ、あっ、お姉、様っ、ダメ、です……クリ、ばっかりいじめちゃ、やあぁ！　ああっ、なんで、なんでそこばっかりぃ！　ひっ、うひぃぃっ！」

無毛になったおかげで位置がわかりやすくなったのか、梓は執拗かつ的確に女の急所である牝芽を狙い撃ってくる。柔らかな唇で挟まれ、熱い舌先で舐られ、強く吸われ、ときには前歯で軽く嚙まれるたびに、凄まじい喜悦が駆け抜ける。

(ク、クリ、たまんないっ、あっ、あっ、舐められるのも、転がされるのも、吸われるのも、カミカミされるのも、全部たまんない……ッ！　知らない、わたし、こんなに気持ちイイクリのいじめかたなんて、知りませんでした……!!)

長年処女のままオナニーライフを送ってきた三十一歳のクリトリス責めは、あまりにも巧みで、かつ淫らだった。しかも、和馬のピストンにリズムまで合わせてくるのだから、たちが悪い。

「イク、イキまっ、あっ、ひゃめ、イク、イクイクイク、イッ……あひぃっ!!」

膣奥のリングを小突かれ、陰核の根元を指で強めに挟まれた刹那、月乃は絶頂した。が、二人の責めは止まるどころか、勢いを増すばかりだ。

(イキました、わたし、イキましたよぉ！　あぁ、ご主人様のオチ×ポ、さっきからずっと、子宮に当たってる、お姉様のお口が、わたしのクリチ×ポに吸いついてる……!!)

大好きな二人に挟まれ、嬲られ、愛される背徳の興奮に、十六歳の女体はついに限界を迎えた。

「また、イキます、果てまひゅぅ！　月乃、イク、オマ×コとクリでイク、お外でアクメしますぅ！　アァァッ、死ぬっ……よしゅぎて死んひゃう……アッ、アッ、アーッ！」

「月乃、月乃……！」

ほんの僅かだけ先に和馬が爆発し、大量の白濁汁が月乃の子宮を灼《や》く。

「ごひゅじんひゃまぁ……イク……イッグ……うぅぅンンンン!!」

女子高生とは思えない生臭い嬌声を深夜の境内に響かせ、梓の顔面に絶頂潮を浴びせながら、月乃はオルガスムスの深い沼に沈むのだった。

（この歳で二連発はさすがにキツかったな。でもまあ、今夜はこれで撤収だろうし……え？）

心地よい疲労感と満足感に浸っていた和馬が淫祭を切りあげようとしたそのとき、硬度を落としたペニスを握ってくる者たちがいた。

「一仕事やり終えたみたいな顔してますけど、まだですよ？　和馬さん」

「これでおしまいなどと甘ったれたことを考えてませんよね、ご主人様？」

逃がしはしないとばかりに、梓と月乃が両脇から和馬を挟んでくる。梓が外したのか、月乃に巻かれていた注連縄はすでにほどかれていた。

「い、いや、ほら、もう時間も遅いし、気温も下がってくるし？」

「ふだん、これくらいの時間まで私たちを可愛がってくれてるじゃないですか」

「暑くて、汗だくです」

二人は和馬の腕を抱きしめ、絶対に逃がさないアピールをしてくる。白衣とメイド服越しに感じる乳房に、若干肉棒に力が戻る。

「せめて、少し休ませてくれ。おっさんなんだぞ、俺は」

「わかりました。では、私たちで和馬さんを元気にさせればいいんですね？……月乃ちゃん」

「はい、梓お姉様」

いったん和馬の腕から離れた二人は頷き合うと、互いの上着をはだけはじめた。たわわな豊乳と、形のよい美乳が現れたかと思うと、今度はその膨らみで和馬のイチモツを挟んでくる。

「ふおお……ッ」

巫女とメイドによるダブルパイズリに、男根の充塡率がまた上がった。

「どう、月乃ちゃん。初めてのパイズリは？」

「想像より難しいです。でもお姉様がしてるのを見てずっと羨ましかったので、実行できて嬉しいです」

月乃のバストだとまだサイズ的に挟むのは難しいため、まずは梓がしっかりホールドし、そこに月乃が胸や乳首を押し当てたり擦りつけるかたちだ。

「ご主人様、気持ちイイです？　月乃のパイズリ処女を奪った感想はいかがです？」

「ああ、もちろん、最高だ。ありがとうな」

単純な刺激だけならば、フェラチオや手コキのほうが強いと言える。しかし、パイズリの魅力はその煽情的な光景及び、女の象徴たる乳房を使って奉仕されているという、心理的な興奮にあると和馬は考えていた。

(清楚な巫女が真っ白な巨乳でチ×ポ挟んで、可愛い姪っ子メイドが一所懸命に俺を歓ばせようとしている……こんなことされて、見せられて、滾らないわけがないだろ……!)

二連発で三割程度に落ちていた勃起率が、八割近くまで復活を遂げる。この硬度なら挿入も可能だが、二人はここで追加の攻撃をしかけてきた。

「お姉様のお顔、わたしのせいでびちょびちょです。今、綺麗にしますね。……ぺろっ」

「ふふっ、月乃ちゃんのだもの、全然気にしてないわ」

月乃は、先程のクンニ責めで噴いた自分のアクメ潮をぺろぺろと舐め取りはじめる。最初は犬が飼い主にする行為に似た愛くるしさがあったが、それは次第にエロティックな舌遣いになってくる。

「お姉様……お姉様ぁ……ちゅ……ちゅ……ちゅぅぅっ」

「ああん、月乃ちゃん、ダメ……そんなふうにちゅっちゅされたら、私、エッチな気分になっちゃう……ぅ」

気づけば、メイドと巫女はキスを始めていた。唇同士の接触は軽い反面、互いに伸ばした舌を絡め合う、美しくも妖しい、みだりがわしいレズキスに、和馬の愚息は九割の雄々しさを取り戻す。

「ご主人様のオチ×ポが仲間外れされて寂しがってますよ、お姉様」

「大丈夫、ちゃあんと和馬さんにもちゅっちゅ、してあげますよ。……ちゅっ」

月乃と梓はダブルパイズリとレズキスをしたまま、さらに亀頭や尿道口をちろちろと舐めてきた。鈴口と二枚の舌が同時に絡まる、卑猥なパイズリフェラに、ついに剛直は完全に復活する。

（よし、これならまだやれる……もっともっと可愛がってやれるぞ……ん？）

けれど、恋人たちの奉仕はまだ終わってはいなかった。二人はまず和馬を立たせると、両膝をついたまま、前後を挟んでくる。

「和馬さん、好き……大好き……はむっ」

和馬の前にいた梓はペニスを咥え、ねっとりとしたフェラチオを繰り出しつつ、陰嚢を両手で優しく揉みはじめる。これだけでもたまらないというのに、

「残るはご主人様だけですね、アナル処女なのは。れろっ」

背後にまわった月乃は両手で和馬の尻を広げると、なんと肛門に舌を這わせてきた

のだ。

「うっひ!?　んあっ、あっ、んおおっ、ちょっ、待て、やめろ月乃……そんなとこ、汚い……んあああっ！」

アヌスを舐められた経験など、とうぜんあるはずがなかった。可愛い姪に己の排泄器官を舐めまわされるまさかの事態から逃れようと、腰を前に突き出す。だが、そこには勃起を咥えた梓がいる。

「むぐっ!?　ン……ンンン……っ！」

故意ではないが、結果的にイラマチオとなってしまい、喉奥を小突かれた黒髪美女が苦しげに呻く。

「す、すまんっ！」

慌てて腰を引き戻すと、今度はさっきよりもねっとりとした舌に菊穴を舐められてしまう。前門の虎、後門の狼ならぬ、前門の巫女、肛門のメイドだった。

「ぐっ、ふっ、あううっ！　も、もういい、もういいからっ！　そ、そんなにされたら、お前らに挿れる前に出ちまうっての！」

半ば本気で暴発を心配しはじめた和馬のこの訴えに、ようやく二人は淫らな奉仕をやめる。ほんの十数分前までは柔らかかった屹立は、今や完全復活をうわまわるほどに反り返っていた。

「若い頃でも、こんなに勃ったことはなかったぞ。……覚悟しろよ、二人とも」

雄々しくそびえ勃つ牡杭をうっとりと見つめながら、月乃と梓はこくりと頷いた。

「はあぁ……まさか、境内で縛られ、吊《つる》されるなんて、夢にも思いませんでしたよお」

「わたしは似たシチュエーションを、よく想像してました。こんなふうにご主人様に……大好きなおじさまに縛られ、吊され、極悪非道なお仕置きをされる妄想で、何度オナったかわかりません」

注連縄で両手首を括られ、神木の太い枝から並んで吊された巫女とメイドが、恍惚《こうこつ》の表情を浮かべている。どちらも胸こそはだけてはいるが、巫女装束とエプロンドレスは着たままなのが、全裸以上に背徳的で禁忌的で卑猥だった。

(まるでこうするために誂《あつら》えたように、注連縄の長さ、ぴったりだったな)

二人が一番よく映る場所に円鏡をセットし終えた和馬は、改めて吊された恋人たちを見る。

「和馬さん……見ないでください……こんな浅ましい私を見ちゃイヤです……っ」

長い黒髪を汗で頬に張りつかせた三十一歳の美しい巫女はセリフとは裏腹に、悩ましくくねらせた女体をアピールをしている。

「ご主人様、早く、早く月乃を犯してください……はしたないメイドをきっちりしつけるのも、主の義務なんですよぉ」

純白のカチューシャやエプロンのリボンを揺らしながら、十六歳の姪メイドが淫らなお仕置きをねだっている。

(巫女と姪を境内で、御神体や御神木の前でいっしょに犯す……いっ、天罰を食らってもおかしくないレベルで最低な男だな、俺は)

二人に対して申し訳ない気持ちはある。しかし、後悔はまったくなかった。

「俺はこの先、なにがあっても梓と月乃は手放さない。絶対に逃がさない。覚悟しておけよ」

「はい、はいっ……ずっとあなたの側にいさせてください……！」

「それはこちらのセリフです。以前言ったとおり、わたしはご主人様の死に水を取るのが夢なんですからね……っ」

場違いな、だが本気の愛の告白を済ませると、和馬はまず二人を後ろ向きにさせた。

そして梓の緋袴を捲りあげると、前戯もなしに勃起をインサートする。

「あっはぁ！　あああぁ、来た、来た、オチ×ポ、来たあぁン！」

和馬と出会うまでの三十一年間、純潔を守りつづけた巫女の蕩け穴を数往復味わうとすぐに肉棒を引き抜き、隣の月乃の背後へと移動する。

「ひうぅっ！　はひっ、すっご……アア、ご主人様、オチ×ポ、素敵ですよぉ！」

同じようにスカートを捲り、大切な処女を捧げてくれた姪の小さなクレバスを一気に穿つ。

「梓も月乃も、どっちのマ×コも狭くてぬるぬるで最高だけど、やっぱりだいぶ違うもんだな」

数回突くと、またすぐに腰を引き、再び梓の膣へとねじこむ。

「はおおっ！　和馬さん、意地悪しないでぇ……ちゃんといっぱい突いて、私のオマ×コ、しっかりいじめてください……アッ、アッ、アアッ……あんっ！」

切なげに涙を滲ませる梓の恨めしげな表情に、和馬は加虐の興奮に猛る。

「あっ、あっ、月乃とお姉様のマ×コ比べとか、ああン、ご主人様、最低、最低、最低ですよぅ……ああっ、でも好き、最低のご主人様、最高ぉ……ひゃン！」

和馬をなじりつつ被虐の昂りに身悶える月乃の姿に、サディスティックな欲望が止まらない。

（美女巫女と美少女メイドを並べて立ちバックで味比べとか、俺、マジで最低で最高なことしてるぞ……！）

入口の狭さとキツさは二人とも同じくらいだが、奥に進むと差異が明確になる。膣全体で強く締めつけてくる月乃に対して、梓は子宮口の手前が少しふんわりと柔らかいのだ。

「次は、前からだ」

恋人たちのあいだを十往復ほどしたところで、今度は対面立位に移行する。向きが変わった影響で、やはり媚肉の感触が変わる。なにより、自分に犯されて喘ぐ二人の顔を見られるのがたまらない。

「ああ、み、見ないでください……あっ、あうっ、はううゥッ！　子宮、もう、とろっとろなんれす、私、完全にあなたのオチ×ポの虜《とりこ》、なんれすからぁ……！」

だらしなく舌をはみ出させて涎を垂らす梓も、

「んひん、ひん、ひぃんっ！　ひゃっ、あっ、見ちゃ、らめぇ……月乃のオマ×コ顔、視姦しちゃイヤ、れすぅ……アッ、アーッ、アァーッ！」

随喜の涙を流し、緩みきった喘ぎ顔を晒す月乃も、ともに至上の美しさだった。

（昼間はこの境内で楚々とした姿で働く巫女と、街を歩けば誰もが振り返るほどの美

少女が俺にだけ見せてくれるアヘ顔……っ）

日頃とのギャップの大きさは興奮へと直結し、和馬は二人を交互に犯す行為をやめられない。叶うならば永久に味比べを続けたいところだが、この夜三度目の噴火のときは、すぐそこにまで迫っていた。

「そろそろラストだ、二人とも、向かい合って密着しろ」

そう命じると、梓と月乃はすぐに従った。

「月乃ちゃん……ン……」

「お姉様……んふ……」

そしてどちらからともなく唇と乳房を重ね、舌を絡め、唾液を交換し、乳首を擦りつけ合う。あまりにも淫靡な、自主的なレズプレイだ。

（くっ、こんなの、見てるだけで射精しちまうだろっ）

睾丸《こうがん》が迫りあがるのを感じつつ、和馬は梓の背後にまわった。フィニッシュの相手は自分ではないと悟り、月乃が一瞬寂しげな瞳を見せる。

「今夜の主役は巫女である梓だからな。でも安心しろ、月乃。お前にはこれを使ってやる」

和馬は梓の蜜壷にペニスを挿れると、腕を精いっぱいに伸ばし、握りしめた張形を月乃の秘所へと向けた。こちらの意図を察した梓と月乃がこれ以上は無理というところまで密着してくれたおかげで、無事にこちらの挿入にも成功する。

（意外と届くもんだな。よし、これなら二人いっしょに相手ができるっ）

「和馬さんの、がちがちぃ……ああ、逞しいですよぉ……先っぽが、私の子宮にこんこん当たってます……っ」

「ご主人様ほどじゃないですが、こっちのニセモノチ×ポも、気持ちイイですぅ……ああ、ご主人様、お姉様、いっしょに、月乃もいっしょにイカせてくださいませっ」

向かい合った巫女とメイドが再びディープレズキスを始めたのを見て、和馬もラストスパートに入る。もちろん手も同時に動かし、姪の牝穴も平等にほじってやる。

「んむっ、むっ、ふむぐっ……ンンン、んっ、むちゅ、ちゅ、くちゅ……！」

梓は月乃の口内に深々と挿し入れた舌を激しくくねらせる。

「ずじゅるっ、ぢゅっ、ぢゅっ、ずぢゅるるるっ！」

月乃はその舌と涎を、頬がへこむほど強く吸い、啜る。それはまるで、和馬の怒張と梓の蜜壷がしている行為を、舌と口腔粘膜《こうくうねんまく》で再現しているかのようでもあった。

（エロい……なんてキスしやがるんだよ）

極上の二人の女が見せつける卑猥な接吻《せっぷん》にまんまと煽られ、和馬は腰と手を加速させる。巫女のたわわな膨らみと、メイドの発育途上の微乳が重なり合う様も、凄まじく淫靡だ。

「ちゅぷ、くちゅ、れるっ……ンンンッ!? んおっ、はほおオオッ!? か、和馬さっ、ひゃめ、お耳のなか、くちゅくちゅ舐めるの、ひゃめぇぇっ！」

あまりに濃厚なキスにみっともなく疎外感を覚えた和馬が狙ったのは、すぐ目の前の梓の耳だった。

「わたしたちのオマ×コだけでは飽き足らないとは、ホントに底なしの淫獣ですね、ご主人様は。女の穴という穴を犯さないと気が済まないんです？」

それを見た月乃はそう言って艶めかしく笑うと、和馬とは反対側の梓の耳に舌を侵入させた。

「ほひぃいぃぃっ!? うひっ、ひっ、ひあっ、ダメ、あっ、お耳、両方らなんへぇ、ひっ、んひっ、はああぁ、はううぅんんっ!!」

膣に加え、左右の耳孔を舌で舐られた梓が、激しく身悶える。しかし、前後を和馬と月乃に挟まれ、両腕を吊されている状態で逃げられるはずがない。

「気持ちよすぎて泣いちゃってるお姉様、可愛いです」

「ああ、月乃と同じくらいにな」

「ご主人様……あひっ!?」

ペニスと舌で梓を、そして張形で月乃を責め立てる。体勢的にも体力的にもそうとうに苦しかったが、和馬は一瞬たりとも動きを止めなかった。止められるはずがなかった。

「ひっ、ひんっ、イク、梓、またイキます、ああっ、オチ×ポでイク、オマ×コでイク、お耳でもイッちゃうぅ……ッ……!」

「あうぅっ、月乃も、月乃もいっしょにイキます、アッ、アッ、お姉ひゃまといっしょに、ご主人様チ×ポでイク、イクイクイク、イグぅ……!!」

呼吸すら止め、全力全開ピストンで巫女の蜜壺を穿ち、鼓膜まで届けとばかりに舌を耳穴にねじこむ。腕が攣るかと思うくらいに張形を動かし、メイドの狭洞を嬲る。

「ひっ、ひっ、ひっ……ひいいいぃっ!!」

「あっ、あっ、ああっ、あああぁっ!!」

四十一歳の本気責めに、三十一歳と十六歳がアクメを迎える。だが、和馬の舌も腰も手も止まらない。止まるどころか、絶頂中の女たちにさらなる嬲りを加え、とどめを刺しに行く。

「出すぞ、梓っ。ご先祖の前で、次の巫女を孕《はら》ませてやるっ」

すっかり降りきった梓の子宮口に亀頭を押しつけ、一気に牡汁を発射する。

「んぎっ!? イヤッ、イヤッ、イッてる、イッてるろにぃ！ ああっ、イグ、イッグ、イキながりゃイグ……孕みにゃがらイク……ッ!!」

神聖なる巫女の最も大切な器官を中年遺伝子で凌辱《りょうじょく》しつつ、和馬はディルドを握っていたのとは逆の手を大きく振りあげた。狙いは、疑似ペニスでオルガスムスを迎えている真っ最中のメイドの尻だ。

「お望みのお仕置きだ、月乃……！」

「ひン!? ひっ、ひっ、ヒィーッ!!」

静謐《せいひつ》な夜の境内に、打擲音と、限りなく悲鳴に近似した嬌声が響きわたる。

「らめっ、らめっ、お尻ぺんぺん、痛いぃ……悔しい……でも、気持ちイイ……ああっ、ご主人しゃま、しゅき……しゅきぃ……アアアァッ!!」

被虐のエクスタシーに痙攣する月乃の尻に繰り返し平手を打ちこみながら、梓の子宮に精液を注ぐ。まさにこれ以上ない至福の時間を堪能《たんのう》していた和馬は、あることに気づいた。

（鏡に、なにか映ってる？）

さっきまでは自分たちの淫らな姿を映していたはずの円鏡に、別の光景が見えた気がした。ほんの一瞬であったが、和馬はそれが自分たちの姿であると確信できた。

(初代様の予言、かな？　現実になるよう、頑張りますよ)

神社に代々伝わる神器に映し出されていたのは、今よりも白髪が増えた自分と、さらに美しくなった巫女と、大人らしくなったメイドの三人の姿だった。

エピローグ

秘密の淫祭以降、神社はゆっくりだが着実に、かつての賑わいを取り戻しつつあった。もちろん、まだまだ全盛時には程遠いが、和馬が初めてここを訪れた当時に比べれば雲泥の差だ。

(お。また参拝客が来てたのか。以前は、平日なんて誰も来ないのが普通だったのになぁ)

用事を済ませて神社に帰ってきた和馬は、自分と入れ違いに駐車場から出ていった県外ナンバーの車を見て、改めて姪の才覚に感心する。

(月乃のやつ、マジで経営の才能あるんだな。天才となんとかは紙一重ってのは本当だったのか)

和馬や梓には理解できないような奇抜な策を次々と打ち出す月乃は、毎日が本当に楽しそうだ。

『昼間は美少女女子高生、家に帰れば美少女メイド、しかしその正体は神社を裏から操る美少女経営者……！　うふふ、たまりませんね、この設定』

当人はこう語っていたが、実際にそのとおりではあった。

『しかも夜はお姉様といっしょに鬼畜ご主人様に嬲られて悦ぶ、美少女マゾメイド。完璧じゃないですか、わたし。一ミリの穴もありませんよ。いえ、エッチな穴はありますが。前とか後ろに』

最後にこうしたよけいなことを言うところが月乃の最大の欠点なのだが、そこが和馬には愛おしく感じる。

(あんまり褒めると調子に乗りすぎるけどなぁ、あいつ。……ん？)

車から降りた瞬間、水滴が顔に当たった。雨か、と思ったときにはもう、一気に降りはじめた。

「おおっ、めっちゃ降ってきたっ」

一番近い建物に向かって走ると、先客がいた。竹箒を手にした梓だった。雨に濡れた黒髪が妙に艶めかしい。

「お帰りなさい、和馬さん。凄い雨ですね」

「ああ、ただいま、梓。通り雨にしちゃ、ちょっと激しすぎだな、これ」

「……ふふっ」

「ん？　俺、なにか変なこと言ったか？」

急に笑い出した恋人に、和馬は首を傾げる。

「いえ、私と和馬さんが初めて出会ったのも、こんな雨の日だったなって」

「ああ……！」

とつぜんの雨。濡れた黒髪と巫女装束の美女との雨宿り。確かに、あのときと同じシチュエーションだった。

「懐かしいですね。あなたと出会って、私の人生は大きく変わりました。もちろん、いい方向に」

「それは俺のセリフだな。梓に出会えて、あの予言をもらえたおかげで、俺はこうして幸せでいられるんだ」

和馬はすばやく周囲を見わたし、誰もいないことを確認すると、愛する巫女を抱き寄せた。

「好きだ、梓。初めて会ったあのときから、ずっと」

「えっ……あっ」

驚きに目を見開く梓に唇を重ねる。本当はこのまま舌を挿れたいところだが、さすがにそれは自重する。

「私も……私も、好きです。和馬さんを愛してます……」

「梓……」

羞じらいに頬を染めた梓にもう一度キスしようとした瞬間、和馬の視界でなにか動くものがあった。

「おい、なにしてんだ、出歯亀メイド」

「あ、バレましたか」

同じく雨宿りをしていたのだろう、月乃が近くの木の陰から出てきた。その手には、スマホが握られている。

「隠し撮りとは趣味が悪いぞ」

「えっ。月乃ちゃん、撮ってたの、今の!?」

「とうぜんです。ご主人様がお姉様に愛の告白をして、あまつさえ真っ昼間の野外でエロい行為を始めようとしたんです、そりゃ証拠動画を撮りますよ、メイドとしては。なにかご主人様にしてもらうときに脅迫……いえ、取引に使えるじゃないですか」

「消せ。今すぐそのデータを消せ」

こんな恥ずかしい動画が月乃の手に渡ればどうなるか、想像するだけで恐ろしかった。

「断ります」

「ご主人様の命令を拒むのか？」

「はい。断固として拒みます」

そう言って月乃は、期待に充ち満ちた視線を向けてくる。

「俺には梓みたいな能力はないが、今夜のことははっきりと予言できるぞ」

動画を消してほしければ力ずくで、すなわちお仕置きをしろとおねだりするメイドの姿が、はっきりとイメージできた。

「月乃ちゃんだけ、いじめるんですか？　ずるい、です」

さて、どうやってマゾの姪を満足させてデータを消させるかと考えていると、くいくいとシャツが引っ張られた。濡れ髪巫女の上目遣いの表情は可愛らしくも艶めかしく、和馬の胸が高鳴る。

「私も、あなたにいじめられたい、です」

梓が、腕を組んでくる。

「ご主人様、わたしにもお仕置き、してくれますよね？」

負けじと月乃も雨の中を駆け寄り、反対側の腕にしがみついてきた。濡れたエプロンドレス越しに感じる膨らみが、以前より豊かになっている。

「ああ、もちろんだ。覚悟しておけよ、二人とも。……おっ、雨、やんだんじゃないか？」

愛する巫女とメイドに挟まれながら、和馬は空を見あげる。そこには、三人の未来を祝福するかのように、美しい虹がかかっていた。

◉新人作品**大募集**◉

マドンナメイト編集部では、意欲あふれる新人作品を常時募集しております。採用された作品は、本人通知のうえ当文庫より出版されることになります。

【応募要項】 未発表作品に限る。四〇〇字詰原稿用紙換算で三〇〇枚以上四〇〇枚以内。必ず梗概をお書き添えのうえ、名前・住所・電話番号を明記してお送り下さい。なお、採否にかかわらず原稿は返却いたしません。また、電話でのお問い合せはご遠慮下さい。

【送付先】 〒一〇一-八四〇五 東京都千代田区神田三崎町二-一八-一一マドンナ社編集部 新人作品募集係

清《せい》楚《そ》な巫女《みこ》と美少女《びしょうじょ》メイド《めいど》 秘密《ひみつ》の処女《しょじょ》ハーレム《はーれむ》

二〇二三年 九 月 十 日 初版発行

著者◉青橋由高【あおはし・ゆたか】

発行◉マドンナ社
発売◉二見書房
東京都千代田区神田三崎町二-一八-一一
電話 〇三-三五一五-二三一一(代表)
郵便振替 〇〇一七〇-四-二六三九

印刷◉株式会社堀内印刷所 製本◉株式会社村上製本所 落丁・乱丁本はお取替えいたします。定価は、カバーに表示してあります。
ISBN978-4-576-23097-9 ◉Printed in Japan ◉©Y.Aohashi 2023

マドンナメイトが楽しめる！ マドンナ社**電子出版**（インターネット）……https://madonna.futami.co.jp/

オトナの文庫マドンナメイト

電子書籍も配信中!!
詳しくはマドンナメイトHP
https://madonna.futami.co.jp

夏色少女 いとこの無邪気な遊戯
楠 織／大好きな従兄のために水着や全裸で誘惑し…

童貞の僕を挑発する後輩の清純姉と小悪魔妹
伊吹泰郎／自作の官能小説が後輩美少女に発見されて…

僕専用ハーレム水泳部 濡れまくりの美処女
竹内けん／美少女だらけの水泳部で唯一の男子部員となり

寝取られ巨乳処女 淫虐のナマ配信
葉原 鉄／幼馴染みの巨乳美少女がチャラ男に狙われ…

妻の連れ子 少女の淫靡な素顔
殿井穂太／妻の連れ子が、初恋した頃の妻にそっくりで

美人三姉妹 恥辱の潜入捜査
阿久津 蛍／どんな凌辱にも耐える「性戯のヒロイン」が

南の島の美姉妹 秘蜜の処女パラダイス
諸積直人／従姉妹たちと数年ぶりに再会した童貞少年は

幼唇いじり ひどいこと、しないで……
瀧水しとね／高級車を傷つけてしまった少女が呼び出され

美少女肛虐調教 変態義父の毒手
高村マルス／義父から執拗な性的イタズラを受ける少女は

はだかの好奇心 幼なじみとのエッチな冬休み
綿引 海／童貞少年は美少女の魔性に翻弄されっぱなし

家出少女 罪な幼い誘惑
楠 織／一晩でいいから泊めてと少女に話しかけられ…

美少女寝台列車 ヒミツのえちえち修学旅行
浦路直彦／少女たちと寝台列車の旅に出かけることに…

Madonna Mate